Une Intrigante sous le règne de Frontenac

Jean-Baptiste Caouette

Édition et mise en page : Culturea (Hérault, 34)
Retrouvez notre catalogue sur http://culturea.fr/
Contact : infos@culturea.fr
Imprimé en Allemagne par Books on Demand Gmbh
Design typographique et layout : Derek Murphy et Reedsy
ISBN : 9791041993390
Date de parution : Mars 2024
Ce livre :
— a été composé avec une police open source libre de droits dessinée sur Open Fondry
https://open-foundry.com/

— permet de replanter un arbre. SHS Éditions soutient Plantons Pour l'Avenir, fonds de dotation pour le reboisement des forêts françaises
400 projets de reboisement de forêts soutenus depuis 2014 à travers la France
https:/www.plantonspourlavenir.fr/

Lettre de M. l'abbé Lionel Groulx à l'auteur

Monsieur J.-B. CAOUETTE,

Conservateur des archives judiciaires,

Québec,

Cher monsieur,

Je vous renvoie votre manuscrit. Peut-être l'ai-je gardé un peu longtemps. Il m'est arrivé au moment de mon départ pour l'Europe. Je l'ai lu avec beaucoup d'intérêt.

Vous avez trouvé là un thème où la Nouvelle s'est muée en véritable roman. C'est assurément une noble entreprise que de remettre ainsi devant le public quelques figures de notre histoire malheureusement trop effacées.

J'accepte volontiers la dédicace de votre livre, si vous croyez que cela puisse vous être utile.

Veuillez agréer, avec mes félicitations, l'expression de mes meilleurs sentiments.

LIONEL GROULX, Ptre.

UNE INTRIGANTE SOUS LE RÈGNE DE FRONTENAC

Nous sommes à la fin d'août 1690. C'est le matin. Une brise légère caresse le feuillage où la rosée brille encore sous les rayons du soleil. Toutes les voix de la nature semblent s'unir pour célébrer à l'unisson la puissance et la bonté du Créateur.

Le Château Saint-Louis, posté comme une sentinelle sur le rocher de Québec, offre aux regards de ceux qui l'habitent le plus gracieux panorama que l'on puisse voir.

Debout, près d'une fenêtre ouverte de son palais, le gouverneur Frontenac, le front soucieux, voit à cette heure d'un œil indifférent le spectacle grandiose que chaque matin il se plaît à contempler. Puis, comme attiré par une force occulte, il s'approche d'une nouvelle et magnifique gerbe de roses qu'une main inconnue place sur son pupitre, depuis quelques jours.

Après avoir un instant rêvé devant ces fleurs, il se met à arpenter son cabinet de travail en relisant une lettre, très injurieuse pour lui, qu'une âme vile avait adressée de Québec à la comtesse de Frontenac, à Paris, et que celle-ci a fait parvenir au comte avec cette note brève :

« Connaissant la noblesse de votre caractère et votre loyauté à mon égard, je tiens à vous dire que j'ai pour l'auteur de la lettre ci-jointe le plus profond mépris.

« Croyez à l'affection inaltérable de votre toute dévouée. »

ANNE DE LA GRANGE.

Coïncidence étrange, Frontenac avait reçu, la semaine précédente, une autre lettre, non signée, dans laquelle son épouse était représentée comme une mondaine vulgaire et indigne de porter le nom du gouverneur de la Nouvelle-France.

Dans un mouvement de promptitude, Frontenac avait jeté cette lettre au feu.

Il se reproche maintenant de ne l'avoir pas envoyée à la comtesse.

Cette gerbe mystérieuse, qui se rattache dans son esprit aux deux lettres infamantes, lui apparaît comme le corollaire d'une intrigue dont il veut pénétrer les secrets. Il appelle son fidèle valet, Duchouquet, et lui demande :

— Est-ce vous qui avez déposé ces fleurs sur mon pupitre ?

— Non, Excellence.

— Savez-vous d'où et de qui elles viennent ?

— Non plus, Excellence.

— Eh bien, tâchez de le savoir, mais apportez beaucoup de discrétion dans vos recherches.

— Je vous le promets, Excellence !

Et Duchouquet se retira en saluant profondément.

Frontenac dissipe bientôt ce nuage en se remettant au travail.

Deux certitudes le réconfortent : celle que sa femme lui garde toute son affection, et celle de posséder la confiance de Son Souverain. Il peut ainsi se rendre le témoignage d'avoir rempli consciencieusement les devoirs de sa haute charge ; il en trouve la preuve dans l'empressement que le peuple et les militaires mettent à soutenir ses mesures et à obéir à ses ordres.

Deux jours plus tard, Duchouquet vint rendre compte à son maître du résultat de ses démarches.

— Eh bien ! fit Frontenac, quelle Nouvelle ?

— Ces fleurs, répondit Duchouquet, sont envoyées à votre Excellence par madame DeBoismorel.

Je m'en doutais, pensa le gouverneur. Néanmoins il demanda :

— En êtes-vous bien certain ?

— Absolument certain, Excellence.

— C'est bien ; merci !

Cette dame DeBoismorel, âgée à peine de 26 ans, veuve d'un officier français, mort, l'année précédente, en Acadie, au service du roi, était une des plus jolies femmes de la Nouvelle-France. Mais ses grands yeux noirs, où brillait souvent une lueur étrange, exprimaient la méchanceté et l'ambition effrénée de son cœur.

Du fait que la comtesse de Frontenac n'avait pas suivi son mari au Canada, elle déduisait que les deux époux se détestaient mutuellement. Elle espérait, par ses dénonciations calomnieuses, provoquer entre eux rien de moins que le divorce et ensuite devenir l'épouse de l'illustre gouverneur.[1]

Elle avait, à Paris, un frère qui lui servait de complice. C'était un misérable qui dénonçait à Frontenac, sous le voile de l'anonymat, la prétendue inconduite de sa femme, que toute la Cour de France avait surnommée la « Divine », à cause de sa beauté, de son esprit, de son tact et du prestige qu'elle exerçait sur tous ceux qui l'approchaient.

Madame DeBoismorel avait une confiance aveugle dans le succès de sa double diplomatie : l'envoi de ses lettres perfides et l'offrande de ses fleurs. Avec l'arme de la première, elle briserait les faibles liens qui pourraient peut-être encore exister entre le gouverneur et sa femme ; avec le parfum subtil de ces fleurs, elle captiverait le cœur du mari outragé !

La jolie veuve se voyait déjà par la pensée la gouvernante de la Nouvelle-France et l'idole de la société canadienne-française… Mais elle comptait sans le hasard, la perspicacité de ceux qu'elle voulait perdre !

Frontenac avait résolu d'infliger à l'intrigant et à ses complices une punition exemplaire.

Cependant, en homme avisé qu'il était, il n'agirait qu'après avoir pensé à tout. Il tenait à l'amour de sa femme non moins qu'à l'honneur. Certes ! il s'avouait volontiers les torts qu'il avait eus jadis envers la comtesse par ses liaisons scandaleuses avec madame de Montespan, la favorite de Louis XIV. Mais ces torts, ces péchés

---

1 Elle se trompait en croyant que Frontenac pourrait obtenir légalement le divorce, car cette loi maudite ne fut adoptée en France qu'en 1792, après la révolution.

de jeunesse, il les avait généreusement réparés et longtemps expiés. Aussi Dieu, la comtesse et le monde les avaient sans doute pardonné et oubliés.

***

Nous croyons juste et nécessaire d'ouvrir ici une courte parenthèse.

Pour détruire les sottes légendes que certains historiens ont brodés avec un art diabolique sur le compte du gouverneur Frontenac et de son épouse, il me suffira, je crois, de résumer l'opinion – appuyée sur la raison et l'autorité de l'histoire – d'un de nos écrivains les plus consciencieux, feu Ernest Myrand :

« Madame de Frontenac fut un pouvoir caché dans le rayonnement du trône de Louis XIV.

« Arbitre reconnu de l'élégance, du bon goût et du bel esprit, madame de Frontenac possédait le don de se créer autant d'amis que de connaissances qui, tous, avaient pour elle une admiration pleine de respect.

« Cette fascination irrésistible, la comtesse-diplomate l'employa à notre profit en deux circonstances mémorables : la première, lors de la nomination de son mari (6 avril 1672) au poste de gouverneur de la Nouvelle-France, et la seconde quand elle fit renter Frontenac (7 juin 1689) dans son gouvernement de Québec.

« Ne lui gardons pas une amère rancune d'être demeurée là-bas, en France, tout le temps que durèrent les deux administrations de son mari. Demeurant à Paris en permanence, madame de Frontenac était bien placée pour conjurer les intrigues, répondre aux plaintes et combattre les ennemis du gouverneur cherchant à le perdre, à le ruiner dans l'estime de Louis XIV par tous les moyens secrets ou déclarés. »[2]

2 « Frontenac et ses amis », Ernest Myrand, Québec, 1902.

FRONTENAC SAUVE LA COLONIE

Deux mois se sont écoulés depuis l'incident de madame DeBoismorel. Des événements de la plus haute importance nous imposent le devoir de reléguer quelques instants cette intrigante dans l'ombre. D'ailleurs nous la retrouverons plus loin.

L'Angleterre rêvait depuis longtemps de s'emparer du Canada, cette perle du Nouveau-Monde, et de hisser son fier drapeau au mât de la citadelle de Québec.

Aussi, le 16 octobre 1690, sa flotte, composée de trente-quatre vaisseaux, jeta l'ancre près de l'Île d'Orléans.

Frontenac était prêt à la recevoir. Car il connaissait, par ses éclaireurs, les desseins et les mouvements des ennemis de la colonie, et il savait même que ceux-ci étaient sous le haut commandement du général sir William Phips.

Le gouverneur ne redoutait pas les combats qu'on allait lui livrer. Et sa confiance dans la victoire reposait non seulement sur la bravoure éprouvée de ses soldats, mais aussi sur le courage manifesté par tous les citoyens de Québec et par ceux des paroisses environnantes, en âge de porter les armes. Il comptait également sur le précieux concours que les Canadiens-français des Trois-Rivières et de Montréal lui avaient spontanément offert.

Or, sur les dix heures, Frontenac vit une chaloupe partir du vaisseau amiral anglais et se diriger vers Québec.

Elle portait un drapeau blanc et avait à son bord un parlementaire.

Lorsque celui-ci toucha le rivage, il fut conduit, les yeux bandés, au Château Saint-Louis où se tenait Frontenac entouré d'un brillant état-major.

Le parlementaire donna lecture d'un document ayant tout le caractère d'une insolente sommation et que terminaient ces mots : « Votre réponse positive dans une heure, par votre trompette avec le retour du mien, est-ce que je vous demande au péril de ce qui pourrait s'ensuivre. »

— Je ne vous ferai pas attendre si longtemps, riposta Frontenac !

Et il ajouta : « Dites à votre général que c'est par la bouche de mes canons et à coups de fusil que je lui répondrai… »

Quand le parlementaire fut rendu à bord de son vaisseau, les soldats de Québec saluèrent leurs ennemis par une salve d'artillerie. Un boulet lancé par le brave Lemoyne de Ste Hélène fit tomber à l'eau le pavillon amiral, que deux Canadiens, l'un de Québec et l'autre de Beauport, allèrent chercher en canot d'écorce, sous une pluie de balles.

Ce glorieux trophée fut porté en triomphe à la cathédrale, où il resta jusque en 1759.

Les premiers coups de canon tirés par les soldats de Frontenac furent le signal d'une lutte qui dura six jours.

Bref, les Anglais essuyèrent une défaite humiliante, et ils disparurent dans la nuit du 22 octobre…

Le général Phips perdit six cents hommes, et neuf de ses vaisseaux sombrèrent dans le bas du fleuve avec une grande partie de leurs équipages.

Frontenac, tout en immortalisant son nom, venait de sauver la colonie !

OÙ DUCHOUQUET SE RÉVÈLE UN ADROIT LIMIER

La veuve DeBoismorel avait recommencé ses gracieux envois de fleurs. Son messager était un petit garçon d'une quinzaine d'années, à l'œil vif et intelligent. Il paraissait très discret. Aux questions qu'on lui posait sur la provenance des fleurs, il répondait invariablement par un muet sourire.

Un jour que Duchouquet passait en voiture près du marché de la haute-ville, il aperçut le petit messager qui trottinait sur le trottoir.

— Où vas-tu donc de ce pas ? lui cria-t-il.

— À la basse-ville et à Charlesbourg, monsieur.

— Alors, monte ici, nous ferons route ensemble, car je me rends précisément au Bourg-Royal.

Le petit gâs, sans se faire prier, grimpa dans la voiture, heureux de s'exempter une marche de sept milles.

— Aimes-tu les chevaux ? lui demanda Duchouquet.

— Oh ! oui, monsieur, je les aime beaucoup, beaucoup !

— Eh bien ! prends les guides et conduis à ma place.

Puis, d'un air indifférent, il ajouta :

— Je te connais de vue depuis longtemps, mais j'ignore ton nom.

— Je m'appelle Louis Renaud, monsieur.

— Et tu demeures ?

— Au pied du Coteau Sainte-Geneviève.

Duchouquet, craignant de paraître trop curieux, ne voulut pas lui en demander davantage. Il lui offrit des bonbons qui furent agréés avec joie.

Le gamin descendit chez un nommé Bédard, près de l'église de Charlesbourg, et Duchouquet fit mine de continuer sa course dans la direction de Bourg-Royal.

— Je viendrai te prendre dans une heure, dit-il à Louis Renaud.

— Merci, monsieur ; je vous attendrai.

Le lecteur a sans doute deviné que Duchouquet n'avait nullement l'intention de se rendre au Bourg-Royal. C'était un prétexte qu'il s'était donné pour accompagner l'enfant, dans l'espoir d'en obtenir des renseignements utiles.

Au bout d'une dizaine d'arpents, il attache son cheval à un arbre, alluma sa pipe et s'assit sur le gazon.

Une heure plus tard, Duchouquet reprenait l'enfant qui portait un vase rempli de framboises.

— Tiens ! tiens ! est-ce toi qui as cueilli ces jolis fruits ?

— Oui, monsieur.

— C'est pour ton maître ou ta maîtresse sans doute ?

— Non, monsieur, c'est pour moi-même.

— Veux-tu me les vendre ?

— Oh ! je n'oserais pas vous les vendre, mais vous me feriez un gros plaisir si vous vouliez bien les accepter.

— Volontiers, fit Duchouquet ; et il glissa dans la poche de l'enfant une pièce de cinquante sols. Mais en retirant sa main, il sortit de la poche (accidentellement en apparence) deux grandes enveloppes, soigneusement scellées, qui tombèrent dans la voiture.

Il est bon de dire que, du coin de l'œil, il avait déjà remarqué ces enveloppes.

— Ah ! ah ! fit-il en riant, te voilà devenu facteur de Sa Majesté !

— Ce sont deux lettres pour la France qu'on m'a chargé de remettre au capitaine du brigantin qui fera voile demain matin.

— Je puis d'éviter cette course, car je dois porter des colis, ce soir, à bord du vaisseau, et je pourrai donner ces lettres au capitaine Blondin que est mon meilleur am.

— Vous êtes vraiment trop bon ; je vous remercie d'avance pour ce nouveau service.

Duchouquet plaça les deux plis dans son gousset, et, ayant derechef confié les guides à l'enfant il se croisa les bras et se prit à rêver à la veuve DeBoismorel ou plutôt à la déception qu'il réservait à cette intrigante.

Pas n'est besoin d'ajouter que le rusé renard, dès son retour au Château Saint-Louis, remit les lettres au gouverneur.

Frontenac, après s'être fait raconter les détails de l'aventure, dit à son serviteur :

— Je vous félicite. Vous avez déployé beaucoup de tact et d'adresse dans cette affaire.

Resté seul, le gouverneur examina ces lettres dont l'une était adressée à la comtesse de Frontenac, et l'autre au lieutenant de marine Paul Aubry, 36, rue Cluny, Paris.

La tentation lui vint d'ouvrir la lettre destinée au lieutenant Aubry ; il en avait d'ailleurs le droit en sa qualité d'administrateur de la Nouvelle-France. Mais il eut un scrupule. Il appela auprès de lui René-Louis Chartier de Lotbinière, conseiller du roi et lieutenant-général civil et criminel, à qui il fit part de ses soupçons contre la veuve DeBoismorel.

Chartier de Lotbinière, sans hésiter, rompit le cachet de la lettre qu'il lut à haute voix. En voici la teneur :

« Mon cher frère,

« Ta dernière lettre, que j'attendais avec une vive anxiété, et que j'ai reçue hier, a rempli mon âme de joie. Merci, mon chéri !

« Les nouveaux renseignements que tu me donnes sur Louis XIV ne m'ont causé aucune surprise, car rien ne peut me surprendre de la part de ce triste sire que nous avons le malheur d'avoir pour souverain.

« Espérons qu'une nouvelle Lucrèce Borgia en débarrassera bientôt notre belle France…

« Un mot maintenant de mes projets. Je regrette de te dire que les choses ne vont pas au gré de mes désirs.

« Il est vrai que depuis plus de deux mois notre gouverneur a été très occupé et que les réceptions à son palais ont été rares. Cependant, le lendemain du siège de notre ville par les Anglais, j'ai eu l'avantage de rencontrer le comte au Château Saint-Louis. Il a été pour moi d'une courtoisie parfaite, pour ne pas dire plus. À deux reprises, comme à la dérobée, il attacha sur moi un regard que je ne puis définir, mais dans lequel mon cœur – qui s'y connaît – a deviné un nouveau sentiment fait de tendresse et d'admiration. C'est sans doute le coup de foudre qu'il ressentait. Mais attendons les développements, mon chéri !

« Quoi qu'il en soit, je suis persuadée que les lettres que tu as écrites sur les frasques réelles ou fausses de la « Divine » ont produit beaucoup d'effet sur l'esprit altier du comte.

« Je veux lui faire détester cette femme autant que je la déteste moi-même !

« Par le même courrier qui t'apportera la présente, j'envoie une nouvelle épître à la comtesse de Frontenac. Je lui représente le comte comme un être dégradé et je luis dis des choses qui devront la dégoûter pour toujours de son mari.

« Toutes ces choses, ben entendu, son de mon invention. Car le gouverneur est aujourd'hui un homme rangé. Comme le diable, en veillant il se fait moine... Il va à la messe presque tous les matins chez les Pères Récollets, et il s'est réconcilié avec Monseigneur de Saint-Vallier. Ils paraissent les meilleurs amis du monde.

« Le gouverneur n'est plus jeune, mais il est encore frais et vigoureux comme un homme de quarante ans. D'ailleurs, peu importe son âge ! Si j'ai la chance de le décider à demander le divorce et à m'épouser, son titre et son palais suffiront à mon bonheur... et au tien, mon chéri !

« Je sais que le gouverneur doit donner prochainement une grande fête pour célébrer sa victoire sur l'amiral Phips. Mon nom sera certainement un des premiers sur la liste des invités.

« On vante ici ma beauté, ma grâce, etc. Mon miroir me dit que ces louanges sont mérités. Eh bien ! ce jour-là, je serai plus belle et plus gracieuse que jamais. Je veux être la reine de la fête et la « Divine » de la Nouvelle-France ! Je ferai ensuite, et rondement, l'assaut du noble cœur du comte de Frontenac !... »

« À bientôt mon chéri !

« JACQUELINE DEBOISMOREL. »

RAYON ET OMBRE

La Providence avait visiblement veillé sur la petite colonie. Car celle-ci bien que préparée à soutenir une longue lutte, pouvait difficilement croire qu'elle triompherait de ses puissants ennemis. Aussi, pour commémorer cette victoire et remercier Dieu de sa protection, le gouverneur et l'évêque proclamèrent le 5 novembre « Fête religieuse et civique », et invitèrent tous les habitants à la célébrer dignement.

Un comité fut chargé d'organiser les manifestations, et il s'acquitta de sa tâche avec le plus grand succès.

« Dieu et Patrie ! » Cette belle devise, que l'on voyait partout, enflamma les cœurs d'où monta vers le ciel un hymne d'amour et de reconnaissance.

Puis, voulant couronner brillamment cette fête, le gouverneur donna, le soir, au Château Saint-Louis, un dîner et un bal auxquels l'élite de la société avait était conviée.

Madame DeBoismorel, qui avait pris part à toutes les réjouissances profanes de la journée, se proposait bien de participer à celles de la soirée.

Il est 7 heures. La jolie veuve est occupée à sa toilette. Elle possède mieux que toutes les élégantes de Québec et de Montréal le grand art de s'habiller.

Parmi plusieurs robes importées récemment de Paris, elle en choisit une qu'elle veut essayer sous l'œil connaisseur de sa couturière. Celle-ci, après avoir fait à la robe de légères retouches, déclare à Madame DeBoismorel qu'elle lui sied à merveille. Alors mettant à son cou un collier de diamants et dans ses cheveux une parure de grande valeur, la jeune femme se regarde dans un haute glace, et se trouve fort belle.

Elle l'est réellement. Aussi, au moment de prendre congé, la couturière lui dit avec sincérité :

— Madame, vous êtes d'une beauté ravissante ! Je suis certaine que vous ferez bien des jalouses au Château Saint-Louis.

— Merci et bonsoir ! répond la coquette.

Puis elle se replace devant le miroir, se regarde longtemps, sourit à son image, et, prenant un air de triomphe, elle dit presque à haute voix : « Ce soir, comte Louis de Frontenac, vous serez à mes pieds ! »

Soudain, le timbre de la porte résonne bruyamment.

Peste soit de l'importun ! grogne la veuve. Puis, s'adoucissant, elle dit :

— Henriette, va ouvrir. Je ne reçois personne, tu comprends, hein ? personne… excepté le lieutenant DeBeauregard.

— C'est bon, môdame, répond la servante.

Après un court moment, Henriette revient, la mine embarrassée, et jargonne à sa maîtresse que deux gros hommes vouliont la voêr.

— Comment, imbécile ! tu n'as donc pas compris ce que je t'ai dit ?…

— Oui, môdame, j'avions compris ; l'leu-z-avons dit comme ça : môdame reçoê parsonne, parsonne, excepté le Beauregard… Et pis y m'aviont répond qu'y vouliont pareil voêr môdame…

Exaspérée, la veuve entre dans la salle et aux visiteurs qu'elle ne connaît pas, elle dit à brûle-pourpoint : Que voulez-vous ?

L'un d'eux demande poliment si c'est bien à Madame DeBoismorel, née Jacqueline Aubry, qu'il a l'honneur de parler.

— Oui, répondit-elle avec hauteur, et que voulez-vous ?

— Madame, fait le même, au nom du roi, nous venons vous arrêter !…

— Impudents ! clame la veuve. Sortez !

— Pardon, madame, nous avons instruction de vous arrêter et de vous conduire à bord du vaisseau Neptune qui quitte la rade, cette nuit même, pour la France. Veuillez lire ce mandat portant les armes de Sa Majesté, le sceau de la haute Cour et la signature de monsieur René-Louis Chartier de Lotbinière, lieutenant-général civil et criminel.

D'un geste brusque, elle prend le document, le parcourt fiévreusement, puis, l'ayant froissé, elle le jette à ses pieds !

— François ! crie-t-elle, appelant son serviteur.

Celui-ci paraît.

— Imaginez-vous, lui dit-elle, que les deux individus que vous voyez ici ont l'audace de me faire prisonnière, au nom du roi, s'il vous plaît ! et sur l'ordre de M. Chartier de Lotbinière ! C'est un guet-apens dont je ne veux être ni la dupe ni la victime. Eh bien ! allez chez le gouverneur et dites-lui de ma part d'envoyer des gardes pour me débarrasser de ces deux malotrus !

— C'est bien, madame, j'y cours !

En attendant le retour du serviteur, la maîtresse arpente la chambre, muette, les mains crispées, l'écume à la bouche et les yeux remplis de flammes. Sa beauté disparue : elle est maintenant hideuse et effrayante !

Enfin, François arrive, tout essoufflé et l'air penaud.

— Quoi ! rugit-elle, vous êtes seul ?...

— Oui, madame, le gouverneur a refusé de me recevoir. J'ai insisté auprès de son secrétaire, Monsieur de Monseignat, et celui-ci m'a tout simplement éconduit en me disant qu'il ne voulait avoir rien de commun avec madame DeBoismorel !

— L'insolent ! le rustre ! hurle-t-elle... Eh bien ! François, vous qui êtes fort comme un Hercule, protégez-moi et chassez ces deux misérables-ci de ma demeure.

— Je suis peiné, madame, de ne pouvoir vous obéir, car ces messieurs ont pour eux la force de la loi, et cette force est bien supérieure à la mienne.

— Comment, lâche ! vous aussi vous m'abandonnez... Allez-vous-en, poltron, je vous chasse !

— Vraiment, madame ? N'ai-je pas toujours, dans la mesure du possible, rempli mon devoir à votre égard ?

Sans lui répondre, et au paroxysme de la rage, elle saisit une potiche qu'elle veut lancer à la tête de son serviteur, mais celui-ci s'étant baissé, la potiche heurte une glace de Venise, qui vole en mille éclats… Alors, ne pouvant contrôler ses nerfs et sa fureur, elle arrache son croissant, son collier et tous ses bijoux qu'elle brise sur le parquet, met sa toilette en lambeaux et se déchire la poitrine de ses ongles nacrés, qui sont à présent plus redoutables que des griffes.

À l'instant, les agents de police l'empoignent et la menacent de lui mettre les menottes si elle ne veut pas se tranquilliser.

Surprise de l'attitude énergique de ces hommes, et à la vue des menottes qu'on lui montre, elle se ressaisit tout à coup.

— Laissez-moi ! Ne me touchez pas ! leur dit-elle, avec plus de calme.

— C'est bien, madame, mais préparez-vous immédiatement à nous suivre.

Elle appelle sa servante, qui accourt aussitôt.

— Henriette, sais-tu ce que ces deux individus viennent faire ici ?

— Oui môdame, j'avons tout entendu par le trou de la sarrure…

— Voyons, ma chère Henriette, mon seul et fidèle appui en ce moment, que me conseilles-tu, toi ?

— Ben môdame, si j'étions à votte place j'suivrions ces deux beaux hommes qu'ont pas l'air mâlin pen toute, pen toute !

— Enfin ! puisqu'il le faut… Dans ce cas, aide-moi à préparer mes malles.

Et la veuve se met à jeter, pêle-mêle, dans deux valises, tous les effets qui lui tombent sous la main.

— Pas si dru, môdame, pas si dru : vous allez enchiffronner votte linge. Laissez-moê faire.

Puis remarquant les débris des bijoux épars sur le plancher, la servante s'écrie :

— Bonne Sante Viarge, môdame, vos afficaux sont tout cassés ! …

Une heure après, ayant terminé ses préparatifs, madame DeBoismorel dit à sa servante :

— Remets cette lettre à mon notaire, M. Claude Aubert. Il te paiera tes gages pendant mon absence. Prends bien soin de la maison ; et je te récompenserai. Car je reviendrai bientôt avec mon frère, le lieutenant Aubry. C'est un brave, lui, et il saura me protéger contre tous mes persécuteurs…

Elle monta dans la voiture qui l'attendait.

Henriette, debout sur le seuil de la porte, cria à sa maîtresse :

— Ben le bonsoêr, môdame, et à la revoyure !…

Le rayon a fait place à l'ombre… et la joie à la tristesse !

En route, la prisonnière, dont l'esprit est en ce moment plus ou moins lucide, marmotte souvent ces étranges paroles :

Rayon céleste
Je te bénis !
Ombre funeste,
Je te maudis !

GÉNÉREUX DÉVOUEMENT

Le lendemain, dès l'aube, le Neptune – pavillon royal arboré à la corne – quitta la rade de Québec et fila, vent arrière à une allure rapide.

Une semaine après, grâce à une température idéale, le vaisseau voguait gracieusement au large des côtes de Terre-Neuve.

Rien de remarquable n'était survenu pendant le cours de ces quelques jours.

Madame DeBoismorel souffrait de prostration et gardait constamment sa cabine, où elle prenait ses repas.

À deux reprises, elle avait refusé les soins du médecin du bord.

La malheureuse semblait avoir perdu le sommeil et la raison, car les officiers de quart l'entendaient souvent, la nuit, pousser des cris de rage ou d'effroi.

— Si ces sortes de crises persistent, avait dit le capitaine, il faudra la surveiller la nuit comme le jour.

***

Un soir que la prisonnière berçait au doux bruit de l'onde ses tristes rêveries, elle crut percevoir les sons d'une voix bien connue qui l'appelait.

D'abord surprise et l'esprit perplexe, elle ne répondit pas.

La voix ayant répété son nom, elle demanda :

— Qui est là ?

— C'est François, madame, qui vient vous sauver…

Elle ouvrit aussitôt la porte, et en voyant son serviteur, elle s'excusa, les yeux baignés de larmes, d'avoir douté un instant de son dévouement.

— N'y pensez plus, je vous en prie, madame, et venez vite…

Sa maîtresse lui ayant désigné deux valises, il s'en saisit comme d'une plume et court les déposer dans une chaloupe attachée à l'arrière du vaisseau, puis, au moyen d'une échelle de chanvre, il fait descendre madame DeBoismorel dans l'embarcation, où il a eu le soin de placer des vivres.

Il saute à son tour dans la chaloupe, en démarre le lien, et se met à ramer de toutes ses forces dans la direction d'une île entrevue à l'heure du souper, et qu'il espère atteindre avant le lever du soleil.

***

Le lecteur est sans doute surpris de voir ici l'ancien serviteur de madame DeBoismorel rentrer en scène.

Une explication s'impose. La voici.

Madame DeBoismorel était aimée de tous ceux qu'elle avait à son service ; elle les traitait toujours avec douceur et libéralité. C'est dans un état d'excitation incontrôlable qu'elle avait chassé son fidèle et dévoué serviteur. Celui-ci en fut plus attristé que vexé. Il croyait d'ailleurs que sa maîtresse était victime d'une lourde méprise ou d'une odieuse persécution. Aussi, dans l'espérance de pouvoir lui rendre quelques bons offices – si humbles fussent-ils – il résolut promptement de la suivre en France.

En quittant la demeure de sa maîtresse, après avoir eu la précaution de se couper les cheveux et la barbe – ce qui le rendait méconnaissable, car il portait une longue barbe – il courut à la basse-ville et prit place sur le Neptune, quelques minutes avant l'arrivée de madame DeBoismorel.

Nul ne le connaissait à bord, du moins il le croyait.

Cependant, par prudence, il sortait rarement de sa cabine, prétextant avoir le mal de mer.

Il dormait peu, et les cris de madame DeBoismorel parvenaient jusqu'à lui.

Jugeant sa maîtresse bien malade, et redoutant pour elle les dangers d'une longue traversée, il décida de l'arracher par la fuite à sa captivité.

Il n'attendait qu'une occasion favorable pour mettre son projet à exécution, car il ne voulait courir aucun risque.

Or, un soir que la mer était calme et le ciel étoilée, il observa que l'officier à la vigie était un vieux marin à l'œil encore assez vif, mais à l'oreille très dure. Il avait peu à craindre de celui-là. Mais Il n'était pas aussi rassuré sur le compte du timonier, jeune et solide gaillard.

Vers les neuf heures, François sort de son gîte et se met à faire les cents pas sur le pont, de tribord à bâbord.

— Vous n'avez pas sommeil, monsieur ? lui demande le timonier.

— Non, je ne puis dormir, malgré les quelques verres de cognac que j'ai pris.

— Ah ! vous avez du cognac ?... reprend le matelot, l'œil pétillant de convoitise.

— Oui, j'en ai une caisse ; c'est un bon remède dit-on, contre le mal de mer et l'insomnie. Aimez-vous cette liqueur ? ajoute François.

— Si je l'aime... Ma Doué, oui !

François va chercher une bouteille de cognac contenant une substance narcotique, et, s'asseyant à côté du marin, il lui en sert une forte rasade.

— À votre santé ! fait le matelot en levant son gobelet qu'il vide d'un Trait.

— Merci !

François, tout en parlant de choses indifférentes, verse à son compagnon plusieurs coups, si bien qu'au bout d'une demi-heure, le buveur roule, inconscient, sur les cordages.

C'est le temps d'agir, pense François.

Et il exécuta prestement le plan hardi qu'il avait conçu.

***

Le lendemain matin en faisant la visite du bord, le capitaine remarqua d'abord la disparition d'une chaloupe, puis il aperçut le timonier gisant sur le pont.

Il le secoua rudement, mais ne put obtenir aucune parole sensée. C'était le narcotique plutôt que l'eau-de-vie que le tenait dans cet engourdissement.

Le capitaine alla interroger l'autre officier qui était encore à son poste, mais celui-ci n'avait eu connaissance de rien.

Ayant continué les perquisitions, il constata avec stupeur la double évasion de sa prisonnière et du passager bizarre qu'il avait eu la maladresse d'accueillir si facilement.

Il donna l'alarme. Tout l'équipage fut sur pied en un instant.

Mais que faire ? De quel côté diriger les recherches ?...

Après avoir mûrement délibéré, on se rangea de l'avis d'un vieux loup de mer qui proposait de retourner en arrière et d'aller visiter l'île qu'on avait dépassée La veille. Cinq heures plus tard, le Neptune mouillait à quelques arpents d'un joli bouquet de verdure émergeant des eaux.

Plusieurs hommes sautèrent dans une embarcation et atterrirent bientôt sur une grève de gravier.

L'île était petite, mais l'épaisse forêt qui la couvrait en fermait presque l'accès et rendait les recherches difficiles.

Toute la journée on fouilla l'île sans découvrir aucune trace des fugitifs.

Les marins, découragés allaient abandonner leur poursuite, quand l'un d'eux retira d'un buisson un tout petit mouchoir blanc portant les lettres J.D.

— Ce sont les initiales de la prisonnière, dit-il. Puis agitant le mouchoir comme il eut fait d'un drapeau, il s'écria :

— En avant, mes amis !

Tous pénétrèrent dans le buisson, en écartèrent soigneusement les branches, et – agréable surprise – trouvèrent le couple blotti au fond de ce réseau inextricable !

— Suivez-nous ! commanda aux fugitifs le chef de la bande.

Toute résistance étant impossible en un tel endroit, François, qui possédait pourtant une force extraordinaire, parut se soumettre de bonne grâce à l'ordre du commandant.

Mais lorsque le groupe fut sorti de la forêt, le prisonnier se lança comme un lion au milieu des matelots, en assomma ou bouscula sept ou huit, et, profitant de la confusion générale, il allait s'échapper avec sa compagne, quand un marin lui asséna sur la tête un coup de bâton. Il tomba ; et les matelots que son poing formidable n'avait pas atteints, se ruèrent sur lui, le ligotèrent et le portèrent dans l'embarcation, ainsi que madame DeBoismorel qui venait de s'évanouir.

UN DÉFENSEUR VOLONTAIRE

Nous avons dit plus haut que madame DeBoismorel avait pris part aux réjouissances profanes du 5 novembre et qu'elle attendait le lieutenant DeBeauregard, qui devait l'accompagner au dîner et au bal que donnait le gouverneur ce soir-là.

La jolie veuve était, à n'en pas douter, l'idole de la société aristocratique de Québec.

Au premier rang de ses admirateurs, figurait le lieutenant DeBeauregard, qui faisait partie de l'état-major du gouverneur. Cet officier était un jeune homme de haute taille à la physionomie ouverte, spirituelle et énergique.

Avant d'endosser l'uniforme, DeBeauregard avait porté la toge au barreau de Paris, où il s'était distingué par son amour du travail, son éloquence et sa grande probité.

Il promettait d'être un jour une des lumières de son ordre. Mais plusieurs officiers de ses amis qui l'avaient connu, dix ans avant, lorsqu'il faisait son service militaire, et qui avaient admiré son caractère lui proposèrent un bon matin de se joindre à eux pour aller servir la patrie, par-delà les mers, sous les ordres du gouverneur Frontenac.

« Très bien » avait-il répondu sans hésiter.

Quelques semaines plus tard, il reprenait l'uniforme et s'embarqua pour la Nouvelle-France.

Le gouverneur l'accueillit avec empressement, car il lui était chaleureusement recommandé par la comtesse de Frontenac qui l'avait rencontré souvent à la Cour.

Frontenac se félicita par la suite d'avoir accordé sa confiance à ce jeune homme. En effet, durant les sombres jours du siège, le lieutenant DeBeauregard se signala par une bravoure poussée parfois jusqu'à l'héroïsme.

Or, le 5 novembre au soir, vers les huit heures, tel que convenu, le lieutenant arrivait chez madame DeBoismorel.

Il sonna à la porte de cette demeure qui lui était toujours si hospitalière.

La servante vint ouvrir.

Il allait entrer, quand celle-ci lui dit :

— Môdame étiont partie.

— Partie… dites-vous ?

— Oui, môsieu.

C'est étrange ! pensa-t-il. Et il s'éloigna en se dirigeant vers le Château Saint-Louis, situé tout près de là, où presque tous les invités étaient déjà réunis dans le salon bleu.

À huit heures et demie, un domestique en livrée annonça que le dîner était servi.

Les convives entrèrent dans une vaste pièce décorée avec un goût irréprochable.

Le repas fut très joyeux, comme tous ceux que présidait le gouverneur. Un des convives cependant ne partageait pas la gaieté générale. C'était, on le devine, le lieutenant DeBeauregard.

Bien qu'il s'efforçât d'oublier momentanément madame DeBoismorel, l'image de cette femme qu'il aimait repassait sans cesse devant son esprit.

Il croyait à l'amour réciproque de la jeune veuve, car celle-ci, tout en cherchant à capter les bonnes grâces du gouverneur Frontenac, avait agréé depuis un mois les avances du valeureux et bel officier… Elle était aussi prudente que perfide.-Si le premier m'échappe, je prendrai le second, se disait-elle !

La plupart des invités avaient remarqué l'absence au dîner de madame DeBoismorel, mais tous étaient persuadés que tantôt elle ferait sa brillante apparition au bal.

DeBeauregard caressait aussi cette chère illusion…

À dix heures, la danse était déjà animée par une musique très entraînante, et la « déesse » qu'on attendait n'avait pas encore paru dans cette salle où tant de fois sa beauté et son élégance avaient jeté un vif éclat.

Cette absence commençait à provoquer de nombreux commentaires chez les dames comme chez les messieurs.

Le lieutenant DeBeauregard, qui se tenait dans l'ombre, fut bientôt entouré par un groupe d'amis qui lui demandèrent si madame DeBoismorel était malade.

— Je l'ignore, répondit-il.

— Mais pourtant, fit sur un ton ironique le capitaine Bonin, vous pourriez nous renseigner à son sujet ; car ne deviez-vous pas accompagner cette grande dame ici ce soir ?

— Allez donc vous promener, vil mouchard ! lui dit DeBeauregard, le toisant de la tête aux pieds.

Bonin apparemment satisfait de sa sottise, s'éloigna en ricanant bêtement.

Les autres officiers levèrent les épaules de dégoût devant la lâcheté du rustre.

— Oui, accentua le capitaine DeMaricour, oui, oui, va te promener, vilain traîneur de sabre en temps de paix…

Ce capitaine Bonin aimait éperdument madame DeBoismorel ; il avait même demandé sa main, mais la jeune veuve s'était cruellement moquée de lui. Il saisissait donc cette occasion pour humilier son heureux rival.

Peu d'instants après cet échange de paroles piquantes, le lieutenant DeBeauregard quitta discrètement le Château Saint-Louis.

Rendu dans sa chambre, il se prit à réfléchir sur ce qui avait pu motiver l'absence de madame DeBoismorel de son domicile et de chez le gouverneur.

« Elle est partie », m'a dit la servante.

Mais pourquoi ne m'avait-elle pas attendue ? Où donc était-elle allée ?

Il se posa longtemps ces deux questions sans pouvoir y répondre d'une manière satisfaisante.

Finalement, l'esprit harassé, il se jeta sur son lit en se disant :

Je trouverai demain le mot de cette énigme.

Le lendemain matin, le lieutenant se présenta chez madame DeBoismorel.

— Madame peut-elle me recevoir ? demanda-t-il à la servante.

— Non, môsieur !

— Puis-je savoir pourquoi ?

— J'vous avions dit hiar que môdame étiont partie.

— Pouvez-vous me dire où elle est maintenant ?

— Allez demander ça au chartier de Lotbinière…

— À monsieur Chartier de Lotbinière, voulez-vous dire ?

— P't-être ben, môsieur ; j'le connaissions point !

Puis craignant d'avoir trop parlé, elle referma la porte.

— Allons voir M. Chartier de Lotbinière, se dit le lieutenant.

En route, il rencontra un ami intime qui lui dit :

— Quelque triste nouvelle hein ? Toutes mes sympathies, mon cher lieutenant.

— Quelle est donc cette triste nouvelle ? Et pourquoi m'offres-tu des sympathies ! fit DeBeauregard, de plus en plus étonné.

— Quoi ! ignores-tu que madame DeBoismorel a été arrêtée, hier soir, sur l'ordre de M. Chartier de Lotbinière, et qu'elle partie pour la France à bord du Neptune ?

La foudre tombant à ses pieds ne lui eut pas causé plus de surprise que l'annonce de cette nouvelle…

Enfin, se ressaisissant, il remercia son ami et se rendit au bureau de M. le lieutenant-général civil et criminel, qui l'accueillit avec la plus grande bienveillance.

Après les compliments d'usage, DeBeauregard dit :

— C'est en ma qualité d'avocat que je suis ici ce matin. Je viens d'apprendre que madame DeBoismorel a été arrêtée, hier soir, en vertu d'un mandat portant votre signature.

— C'est la vérité.

— Voulez-vous avoir la complaisance de me dire de quoi cette dame est accusée ?

M. Chartier de Lotbinière hésitant à répondre, DeBeauregard

ajouta :

— J'ai l'intention, si Son Excellence le gouverneur me le permet, d'aller en France pour défendre madame DeBoismorel devant les tribunaux.

— Ah !… Dans ce cas, répondit M. Chartier de Lotbinière, je puis vous informer que cette dame est accusée de conspiration contre Son Excellence le gouverneur et Madame la comtesse de Frontenac.

À ces mots, DeBeauregard s'écria avec conviction :

— C'est une infâme machination tramée contre cette noble femme !

Puis il reprit d'une voix plus calme :

— Puis-je connaître le nom de l'accusateur et obtenir une copie de l'acte d'accusation ?

— Je regrette vivement, croyez-le, de ne pouvoir acquiescer à votre demande. Du reste, toutes les pièces relatives à cette malheureuse affaire ont été confiées hier au capitaine du Neptune qui doit les remettre à qui de droit. Si vous allez en France, vous pourrez les consulter en vous adressant aux autorités judiciaires.

Le lieutenant n'insista pas.

M. Chartier de Lotbinière le reconduisit jusqu'à la porte et lui dit, en lui serrant la main : Bon courage ! mon cher ami.

— Merci ! j'en aurai, et, avec la grâce de Dieu, je saurai à la fois venger l'honneur d'une Canadienne loyale et confondre son lâche accusateur !

En prononçant ces derniers mots, DeBeauregard pensait au capitaine Bonin.

***

La semaine suivante, un petit bâtiment, l'Hirondelle, se préparait à prendre la mer à destination de Bordeaux.

DeBeauregard, ayant obtenu du gouverneur un congé illimité, se rendait à bord de ce vaisseau, en passant par la côte de la montagne, lorsque, soudain, il vit au-dessus de sa tête un corbeau que tournoyait en lançant des croassements sinistres.

Peu superstitieux, il ne fit aucun cas de cet oiseau qu'un poète a surnommé le chantre des funérailles !

Après s'être débarrassé de son bagage, le lieutenant voulut se promener sur le pont de l'Hirondelle, mais à peine y avait-il posé le pied, que le corbeau s'élança derechef vers lui en recommençant son chant lugubre…

Plus ahuri qu'effrayé, le voyageur s'enferma dans sa cabine, sortit de sa poche un carnet, qui lui servait de journal, et y consigna les faits les plus importants de la journée.

La même nuit, quand l'Hirondelle déploya ses voiles et prit sa course sur la mer houleuse, le lieutenant dormait d'un sommeil aussi agité que les flots.

Six jours passèrent durant lesquels le voilier lutta sans cesse contre les orages ou les vents.

L'Hirondelle étain un vieux vaisseau qui avait résisté aux chocs de nombreuses tempêtes, mais les blessures qu'il cachait dans ses flancs s'élargissaient de plus en plus sous les coups des vagues en fureur.

Le septième jour, après une accalmie de deux heures, un tourbillon de vent impétueux s'éleva tout d'un coup et désempara l'Hirondelle que renversé et vaincu, sombra corps et biens, à l'exception de trois hommes qui réussirent à se cramponner à une chaloupe.

La frêle embarcation s'en alla au gré des flots, car ceux qui l'occupaient n'avaient pas de rames pour la diriger. Les malheureux manquaient aussi de nourriture…

Notre existence infortunée
Est le jouet des éléments.
Une ironique destinée
Semble insulter à nos tourments.
Qui peut conjurer les tempêtes
Et fixer les flots inconstants ?
La foudre éclate sur nos têtes
Quand nous attendions un beau temps.

Un matin, par un temps clair, le capitaine d'un brigantin allant vers Québec, aperçut au loin une chaloupe que les vagues ballottaient comme une coquille de noix. Il s'en approcha à la hâte, et, à sa grande surprise, y trouva trois hommes inanimés, qu'il crut malades ou endormis. Mais quand les naufragés furent placés avec précaution sur le pont du navire, le capitaine constata qu'il était en présence de trois cadavres, dont deux marins et un militaire.

N'ayant rien trouvé sur les matelots qui pût servir à leur identification, on jeta leur cadavre à la mer, après avoir observé le cérémonial connu de tous les marins.

Mais sur le corps du militaire on trouva un carnet assez volumineux que le capitaine sembla parcourir avec un vif intérêt.

Et puis, rassemblant tout l'équipage autour du mort, il lut à haute voix ces lignes que portait le dernier feuillet :

« Il y a dix jours aujourd'hui que notre vaisseau l'Hirondelle a péri. Nous sommes probablement les seuls qui avons échappé au naufrage. Nous étions alors si heureux et si excités, que nous chantions et pleurions à la fois ! Mais à cette joie délirante succédèrent bientôt l'angoisse et la douleur. Car, n'ayant pas d'aviron pour conduire notre barque, ni de nourriture pour nous soutenir en attendant des secours peut-être trop tardifs, qu'allions-nous devenir ? Nous regrettions presque de n'avoir pas été engloutis avec tout l'équipage de l'Hirondelle…

« Oh ! que de souffrances morales et physiques nous avons endurées depuis le naufrage ! Il est plus facile de les imaginer que de les décrire.

« L'autre jour, dans un moment de désespoir et de folie, l'un des matelots voulut se suicider ! Nous eûmes toute la peine du monde de l'empêcher de commettre cet acte indigne d'un brave et d'un chrétien.

« Enfin, hier, mes deux compagnons d'infortune que je vois étendus à mes pieds, les yeux grands ouverts et tournés vers le ciel, sont morts de froid et de faim !

« C'est le sort que m'attend dans quelques minutes. Car la mort – comme le noir corbeau que croassa à mes oreilles, à mon départ de Québec – plane au-dessus de moi et effleure déjà ma tête de son aile sombre !

« J'aurais pourtant voulu vivre encore quelques semaines afin de pouvoir remplir une tâche sacrée ! Mais, puisqu'il me faut mourir à présent, je fais au divin Maître le sacrifice de ma vie, et, en retour, je Lui demande de sauver l'honneur d'une honnête femme que j'aime et que j'avais juré de protéger contre d'ignobles persécuteurs !

« Vous qui trouverez mon cadavre et ceux de mes compagnons, priez pour le repos de notre âme !...

« Hélas ! la mort s'en vient : mes yeux ne voient presque plus la lumière, et ma main tremble en traçant ces derniers mots que je ne pourrai même plus relire :

Adieu, belle France !

Adieu, cher Canada ! »

Au bas de la page le capitaine put déchiffrer la signature et la date suivantes :

Lieutenant Jules DeBeauregard.

Ce 29 novembre 1690.

Tout l'équipage, ému jusqu'aux larmes, s'inclina pieusement devant la dépouille de ce compatriote inconnu dont les accents exprimaient le plus pur patriotisme.

Sur l'ordre du capitaine, le corps du lieutenant fut enseveli dans le drapeau fleurdelisé et déposé dans un long coffre de pois que l'on remit la semaine suivante aux autorités militaires de Québec.

***

La nouvelle du naufrage de l'Hirondelle et de la mort tragique du lieutenant DeBeauregard se répandit en ville comme une traînée de poudre enflammée et fit naître la tristesse dans tous les cœurs.

Le gouverneur, qui avait pour le défunt une profonde affection, ne pouvait se consoler en songeant à la perte que faisait la Nouvelle-France dans la personne de ce soldat sans peur et sans reproche.

De toutes parts s'élevait un concert d'éloges à l'adresse du cher disparu. On rendait hommage à ses qualités du cœur, de l'âme et de l'esprit.

Les funérailles du lieutenant eurent lieu au milieu d'un immense concours de citoyens accourus des coins les plus reculés de la colonie.

Il fut inhumé dans le cimetière catholique de la Haute-ville à côté d'un jeune officier mort récemment au champ d'honneur.

Le capitaine Lemoyne DeMaricour, après avoir jeté une poignée de terre sur le cercueil du lieutenant – et d'une voix que l'émotion faisait trembler – prononça ces mots :

— Repose en paix ! noble et vaillant défenseur de la patrie !

LE JUGEMENT

Trois mois ont fui depuis l'arrestation de madame DeBoismorel.

Le gouverneur vient de recevoir son courrier de France.

Après avoir pris connaissance de ses lettres, il s'empresse de lire les journaux, afin de se renseigner sur les événements les plus récents.

Le siège de Québec et la défaite de Sir William Phips faisaient le sujet de maints articles où l'on exaltait l'habileté de Frontenac et la bravoure des habitants de la Nouvelle-France.

Le gouverneur, très flatté des éloges que lui décernaient tous les journaux, allait replier la « Gazette des Tribunaux » qu'il venait de parcourir, quand, soudain, il tressaillit en voyant ce titre imprimé en gros caractères :

AFFAIRE DEBOISMOREL-AUBRY

Il dévora cet entrefilet, que nous mettons sous les yeux du lecteur :

« Une intrigue, ou plutôt une machination que le diable seul pouvait inspirer, et qui avait pris naissance au Canada, contre l'éminent gouverneur de ce pays et sa distinguée épouse, madame la comtesse de Frontenac, vient d'avoir son dénouement à Paris.

« Les auteurs de cette infamie sont le frère et la sœur, le lieutenant Paul Aubry, officier de notre marine, et la jeune veuve du vaillant DeBoismorel, mort au champ d'honneur, en Acadie, et dont notre armée pleure encore la perte.

« La malheureuse veuve, pour satisfaire une ambition aussi sotte que coupable, a eu recours aux moyens les plus vils.

« Le nom glorieux qu'elle portait ne l'a pas retenue au moment de franchir le gouffre qui sépare l'honneur du déshonneur. Plus que cela, il a été établi que c'est cette femme qui a entraîné son trop faible frère dans la vie d'un crime qui ne devait profiter qu'à elle seule. Aubry hésité longtemps, paraît-il, à suivre sa sœur, à devenir complice, mais il a finalement succombé !

« Les accusés furent très bien défendus par leur avocat, mais celui-ci ne put convaincre le tribunal de leur innocence, car plusieurs documents, surtout ceux qui furent trouvés au domicile d'Aubry, constituèrent une preuve formidable contre eux.

« Le juge, dans ses remarques, se montra très sévère pour la veuve DeBoismorel, et, quoiqu'il semblât avoir des sympathies pour le jeune lieutenant qui jouissait dans la marine d'excellente réputation, il déclara vouloir faire un exemple, et condamna les deux accusés à la même peine, c'est-à-dire à un exil de douze ans, en dehors de la France et du Canada.

« Le jour même de leur condamnation, le frère et la sœur furent conduits par un agent de police jusqu'au Rhin, car ils avaient décidé d'aller vivre en Allemagne. »

La lecture de cet article parut causer une grande satisfaction au comte de Frontenac, car, le front rayonnant de joie, il appela Duchouquet et lui dit :

— Lisez cette bonne nouvelle !

Duchouquet, après avoir lu attentivement, remit le journal au gouverneur, en lui disant avec un large sourire :

— Notre ville, Excellence, est débarrassée d'une fameuse fripouille !

— Vous avez le mot juste, souligna Frontenac. Maintenant, ajouta-t-il, pour récompenser le dévouement que vous avez montré en cette affaire, comme en toute choses d'ailleurs, je vais donner instruction à mon Intendant de tripler vos gages. Et, si vous continuez à me bien servir, je vous promets que je penserai à vous quand je ferai mon testament.

— Merci ! mille fois merci, Excellence ! Moi, je promets de vous servir fidèlement jusqu'à la mort !

Le maître et le serviteur ont tenu leurs promesses. Dans le

testament qu'il a dicté lui-même, le 22 novembre 1698, au notaire royal Genaple de Belfond, l'illustre gouverneur a fait insérer la clause suivante :

« Donnant et léguant icelui Seigr. Testateur à Duchouquet, son vallet de chambre, toute la garderobe consistant en ses habits, linge et autres hardes d'icelle avec la petite vaisselle d'argent dépendant de la dite garderobe ; et ce en considération des services que le dit Duchouquet lui a rendus jusqu'à présent. »

Pour compléter l'entretien que nous avons cité plus haut, nous devons ajouter que, au moment où Duchouquet allait se retirer, Frontenac lui dit :

— Et Louis Renaud, l'ex-messager de madame DeBoismorel, que fait-il maintenant ?

— Il ne fait rien, Excellence, depuis l'arrestation de sa maîtresse.

— Pauvre petit ! Je vais donner ordre à mon Intendant de l'indemniser de la perte qu'il a faite. De plus, je veux qu'il soit employé au Château Saint-Louis avec des gages qui lui permettent de vivre et d'aider sa bonne famille.

— Oh ! merci, Excellence ! fit Duchouquet, en essuyant une larme de joie perlant à ses paupières.

Ce geste qui couronne
L'acte d'un gouverneur
Au front du ciel rayonne,
Comme au Temple d'honneur !

LE MAL DU PAYS

Transportons-nous en esprit à Munich, ville d'Allemagne, et capitale de la Bavière.

Dans une jolie villa située sur les bords de la rivière Isar, vivait, depuis cinq ans, un couple encore jeune dans lequel il était facile de reconnaître le frère et la sœur, tant leur ressemblance était frappante. Mais un observateur eut sans doute remarqué que certains traits étaient plus adoucis chez l'homme que chez la femme, bien que celle-ci fût d'une beauté peu ordinaire.

Ce couple gardait à son service deux domestiques, lesquels ne semblaient avoir qu'une seule ambition : plaire à leurs bons maîtres et leur donner sans cesse des marques de respect et de dévouement.

L'harmonie et le bonheur devaient régner sus les lambris de ce petit palais entouré d'un vaste jardin d'où montait, avec le chant des oiseaux, l'haleine parfumée des fleurs les plus rares.

C'était du moins l'opinion de tous ceux qui visitaient ce coin enchanté de l'Isar et qui voyaient le frère et la sœur se promenant, bras dessus, bras dessous – tels deux amants – à l'ombre des grands arbres.

Les gens du quartier les connaissaient sous le nom de Micali et ils les croyaient italiens, car c'est la langue harmonieuse de Dante que parlaient le frère et la sœur lorsqu'ils passaient dans les rues de Munich. Cependant, au besoin, ils s'exprimaient assez bien en allemand.

Voilà tout ce que le Munichois savait au sujet de ces deux étrangers qui vivaient aussi retirés du monde que des ermites.

Un seul visiteur, deux ou trois fois la semaine, franchissait le seuil de cette demeure.

C'était le révérend Père Schultz, curé de l'église Saint-Michel, un septuagénaire robuste et encore très alerte. Ce bon vieillard était l'ami et le confident de ces étrangers.

Bien que les occupations et les distractions de nos solitaires fussent toujours à peu près les mêmes, ils les reprenaient chaque jour avec une égale ardeur.

La matinée était consacrée à la lecture ou à des travaux intellectuels. Le frère se livrait à l'étude de la marine qu'il aimait passionnément, et la sœur se familiarisait avec la musique, la langue et la littérature allemandes.

Après le dîner, entre une heure et trois heures, tandis que la sœur allait visiter les pauvres auxquels elle s'intéressait grandement, le frère, vêtu de la salopette, travaillait dans le jardin avec son serviteur. Puis entre trois et six heures, ils faisaient une promenade sur l'eau.

Micali s'était construit une légère et élégante embarcation à voiles et à aviron, qu'il conduisait lui-même avec une habileté parfaite. Aussi était-il admiré de tous les marins qui le rencontraient sur l'isar et avaient surnommé sa barque la Mouette.

Le soir, quand le Père Schultz ne venait pas, Micali et sa sœur jouaient aux échecs ou faisaient de la musique.

Alors, doit se dire le lecteur, ces deux personnes étaient les êtres les plus heureux du monde. Oui, apparemment, mais les apparences sont souvent trompeuses, et nous verrons bientôt ce qui manquait au bonheur de ce joli couple que tant de gens regardaient avec envie.

Un matin, Micali et sa sœur étaient occupés à leurs études respectives, quand la servante vint leur annoncer qu'un étranger les demandait.

— Vous a-t-il dit son nom ? s'informa Micali.

— Non, môsieu, y m'aviont point dit son nom, mais c'est un Français qui aviont de grandes moustaches.

— Un Français ! dirent ensemble le frère et la sœur, en échangeant un regard où se lisait l'inquiétude.

— Allons le voir ! fit Micali.

En entrant dans le salon, la jeune femme ne put retenir ce cri : Capitaine Bonin !

— Oui, chère madame DeBoismorel ! dit le visiteur en s'avançant vers la veuve, le sourire sur les lèvres et les mains tendues.

Mais madame DeBoismorel (car c'est bien elle que nous retrouvons ici) se recula comme à l'approche d'un serpent et demanda au capitaine :

— Que venez-vous faire ici ?

— Comment, chère madame, pouvez-vous me poser cette question ? Je suis venu vous présenter mes plus respectueux hommages et vous assurer que, malgré la condamnation qui a été prononcée contre vous, j'ai encore pour votre gracieuse personne la même affection que je vous ai déclarée il y a cinq ans… Ah ! si vous saviez tout ce que j'ai souffert depuis votre départ de Québec ! Pour vous revoir, j'ai abandonné une carrière que j'avais honorée, il me semble, en me battant comme un lion durant le siège de Québec. Oui, pour vous revoir, j'ai déserté l'armée, qui n'avait pas su d'ailleurs reconnaître les sacrifices que j'avais faits pour elle, et, aujourd'hui, de plus en plus indigné, je maudis la France…

— Taisez-vous, misérable ! s'écria Paul Aubry, en se montrant à Bonin. Vous avez eu la lâcheté de déserter l'armée et vous osez maudire notre bien-aimée patrie, la France !

— Oh ! pardon… excusez ! bégaya Bonin-Vous êtes sans doute le lieutenant Paul Aubry, le distingué frère de madame DeBoismorel ? Que je suis donc heureux de vous rencontrer ! Mais, entendons-nous, lieutenant ; je croyais être agréable à votre chère sœur en maudissant la France qui l'a condamnée à l'exil. Car, à vrai dire, je l'aime bien la France, malgré ses erreurs… Oui, je l'aime, cette chère France pour laquelle j'ai versé quelques gouttes de mon sang… Vous ignorez sans doute, monsieur et madame, que dans les derniers jours de la bataille contre l'amiral Phips, une balle anglaise m'effleura l'épaule droite. Je dus me rendre à l'hôpital où les bons soins que je reçus firent heureusement disparaître les traces de ma blessure.

Le lieutenant Aubry répondit à cette tirade échevelée par un éclat de rire méprisant.

— Quoi ! vous riez, lieutenant ? C'est pourtant la vérité que je vous dis là. Ah ! vous n'auriez pas la cruauté de rire si vous saviez toute la peine que je me suis donnée, depuis cinq ans, pour retrouver votre charmante sœur ! N'ayant pu obtenir son adresse, j'ai parcouru l'Allemagne en tous sens, et ce n'est que par un heureux hasard que j'ai découvert votre retraite…

Puis, s'adressant à madame DeBoismorel, il dit avec des trémolos dans la voix :

— Oh madame, vous que je retrouve enfin plus belle que jamais, permettez-moi de déposer à vous pieds le sincère tribut de mon admiration, de mon respect et d'un amour qui ne s'éteindra qu'avec ma vie. Bien chère madame, voulez-vous être ma femme ?…

Après avoir exprimé cette demande aussi inattendue que ridicule, Bonin s'agenouilla et comme il eût fait devant une madone.

— Allons, capitaine, relevez-vous ! lui dit madame DeBoismorel. Un homme ne doit s'agenouiller que devant Dieu ! D'ailleurs, cessons, voulez-vous ? cette scène qui a déjà duré trop longtemps, et raisonnons un peu. Nous n'avons jamais maudit la France, mon frère et moi. Nous avons, il est vrai, dans les premiers jours qui ont suivi notre condamnation, prononcé contre la France et même contre Dieu des paroles amères – moi plus que mon frère – car je n'étais pas une dévote, vous le savez, et je remplissais très mal mes devoirs de catholique.

L'ambition et la soif des honneurs seules réglaient toutes mes actions. Je croyais aussi à l'empire de cette beauté du visage que vous et tant d'autres ne cessiez de vanter chez moi, et cette stupide croyance été la cause de ma perte.

Ayant rêvé de devenir, grâce au divorce, l'épouse du noble comte de Frontenac, j'eus recours au mensonge et à la plus noire calomnie pour briser les liens sacrés qui l'unissaient à la comtesse.

Il me fallait un complice, et j'osai demander à mon frère de me prêter son concours pour atteindre la fin que je me proposais. Mon frère me conseilla de renoncer à ce projet qui lui paraissait aussi insensé que déloyal. Mais, au lieu de suivre les conseils que la raison, la foi, le patriotisme et même la prudence lui avaient inspiré de me donner, je me moquai de ce que j'appelais de sots scrupules, et je m'élançai dans une voie où les obstacles me semblaient faciles à renverser.

Mais je m'aperçus bientôt que, seule, je ne pourrais jamais arriver à mon but, et je priai et suppliai mon frère de m'aider. Il me refusa encore son aide. Alors, dans un moment de colère et d'aberration, je lui écrivis pour le traiter de lâche, de frère sans cœur, et que sais-je.

Blessé sans doute dans son honneur, il ne daigna pas répondre à ma lettre.

J'aurais dû comprendre mes torts et me rendre enfin aux sages conseils qu'il m'avait donnés.

La voix de la conscience me disait parfois que je suivais une route dangereuse, mais l'ambition étouffa dans mon âme cette voix salutaire.

J'écrivis encore à mon frère pour faire appel à son amour en faveur d'une sœur qui le considérait comme son unique protecteur en ce monde ; je terminais en lui demandant d'écrire une lettre, une toute petite lettre au gouverneur pour lui dire – ce qui était vrai – que la comtesse de Frontenac était choyée à la cour de Louis XIV et qu'elle paraissait se soucier fort peu de son mari.

Mon frère, par faiblesse, et par un reste d'affection pour moi, écrivit cette lettre.

C'était le premier pas dans la voie où je voulais l'entraîner et qui, dans mon fol orgueil devait nous conduire aux suprêmes honneurs !

Un peu plus tard sollicité encore avec toutes les instances possibles, mon frère consentit à écrire de nouveau au gouverneur, pendant que moi j'adressais à la comtesse, à paris, les lettres les plus infamantes contre son époux…

Vous savez le reste. Nous fûmes condamnés par un tribunal honorable, et nous expions tous les deux en exil une peine que je devrais seule expier.

Ceux qui nous connaissent ici sous le nom de Micali, comme tus ceux qui nous voient passer dans les rues de Munich, nous prennent sans doute pour des êtres parfaitement heureux et dont le passé est aussi clair que le cristal de l'eau, mais s'ils pouvaient entendre nos conversations intimes et les mots de douleur et de regrets que le cauchemar nous arrache la nuit, ils n'auraient pour nous que du mépris ou de la pitié.

C'est Dieu, capitaine, qui nous a donné ce calme et cette force de paraître heureux aux yeux du monde. Il nous les a donnés parce que nous sommes revenus sincèrement à lui et que nous voulons désormais le servir.

Il nous les a donnés aussi, sans doute, parce que nous nous proposons, quand aura sonné le dernier jour de notre exil, de retourner en France pour consacrer à cette chère patrie notre cœur et notre vie.

On entend souvent dire ici que l'Allemagne est le pays par excellence de la liberté. C'est peut-être le cas. Mais nous croyons, nous, qu'un vrai Français ne pourra jamais s'attacher à l'Allemagne, parce que les goûts, la mentalité et l'esprit d'un Français sont bien supérieurs aux goûts, à la mentalité et à l'esprit d'un Allemand. Et quand on a eu, comme vous et nous, le bonheur d'être né et d'avoir grandi en France, il nous semble qu'il est impossible de se séparer pour toujours de ce foyer où fleurissent les arts les sciences, les vertus, le désintéressement et l'héroïsme !

Oh ! ne m'en voulez pas, capitaine si je ne puis accepter et partager l'amour que vous éprouvez pour moi. Je n'en ai qu'un seul maintenant, c'est l'amour de la patrie !

Rappelez-vous la belle devise « Dieu et Patrie » qui brillait à tous les regards à Québec, le 5 novembre 1690 au lendemain de la victoire de Frontenac sur l'amiral Phips.

Eh ! allez rejoindre notre invincible armée afin d'acquérir une nouvelle part de la gloire que la France réserve à ceux qui combattent vaillamment sous son drapeau !

— Madame, dit Bonin rageur, votre confession et votre langage de religieuse mal froquée ne font pas plus d'effet sur moi qu'une goutte de pluie sur l'aile d'un canard ! Puisque vous repoussez ma demande, je ne retournerai jamais dans mon pays. De plus, et c'est mon dernier mot, écoutez-le bien : Je me moque de votre Dieu, je déteste l'armée et, encore une fois, je maudis la France…

— Sortez, canaille ! s'écria Paul Aubry en saisissant Bonin par le bras.

Bonin, s'étant défait de l'étreinte de Paul Aubry, osa lui dire :

— Vous n'êtes qu'un lieutenant dégradé tandis que moi je garde encore mon titre de capitaine !

Paul Aubry ouvrit la porte, empoigna l'insolent par les épaules et lui administra un maître coup de pied qui envoya le drôle rouler dans la poussière…

À travers les rideaux, Aubry et sa sœur virent Bonin se relever péniblement et s'éloigner en se frottant les reins…

Les deux exilés, que les blasphèmes du misérable avaient vivement impressionnés, ne purent reprendre ce matin-là leurs études si brusquement interrompues.

— François ! appela Aubry.

Et la bonne figure de ce fidèle serviteur, que le lecteur connaît, apparut aussitôt.

— Monsieur m'a appelé ?

— Oui, mon cher François ; nous allons arracher les arbrisseaux qui nous cachent un peu la vue de l'Isar.

— Très bien ! monsieur.

Et le maître et le serviteur se mirent à l'ouvrage.

***

Le lecteur, nous en sommes sûr, n'est nullement surpris de retrouver François et Henriette, en Allemagne, au service de madame DeBoismorel. Ces serviteurs, dont on connaît le dévouement, eussent suivi leur bonne maîtresse jusqu'au bout du monde, sans s'occuper de ses démêlés avec le gouverneur de la Nouvelle-France et la comtesse de Frontenac !

Après sa condamnation, madame DeBoismorel, qui était très riche (ayant hérité à la mort de son mari une fortune de 400,000 francs) avait transmis à son notaire, Claude Aubert, l'autorisation de vendre la belle propriété qu'elle possédait à Québec, de retirer les valeurs qu'elle avait placées en sûreté et de lui envoyer le tout à Munich.

Le notaire s'était conformé scrupuleusement à ses instructions.

Elle avait en même temps écrit à sa servante – qui était une paysanne bretonne – de venir la rejoindre en Allemagne.

Henriette s'était embarquée sur le premier navire en partance pour accourir vers sa maîtresse.

Madame DeBoismorel et son frère étaient allés demeurer à Munich sur l'avis d'un ami de leur famille. Cet ami, qui avait séjourné quelque temps en cette ville, informa la veuve qu'elle pourrait y acheter la villa « Vilhelm », située sur les rives de l'Isar.

Elle en fit l'acquisition en arrivant à Munich.

Une semaine après la visite de Bonin, Paul Aubry allait sortir de sa demeure, lorsqu'il se trouva face à face avec un monsieur galonné qui lui demanda s'il était M. Micali.

— Oui, monsieur.

— Puis-je avoir le plaisir de causer quelques instants avec vous ?

— Sans doute, monsieur ; veuillez entrer.

Après s'être assis confortablement dans le fauteuil que Paul Aubry lui avait désigné, le visiteur dit :

— Je suis monsieur Von Dosher, le bourgmestre de Munich.

— J'ai le grand honneur de vous connaître de réputation depuis longtemps, dit Paul Aubry, en saluant respectueusement le personnage.

— Ah ! vraiment ?

— Oui, monsieur s'entends souvent vos administrés faire votre éloge.

Le bourgmestre parut flatté des paroles de Paul Aubry, car il reprit avec un bon sourire :

— Je pourrais me servir des mêmes termes à votre adresse.

Étant obligé de connaître, autant que possible, les étrangers qui résident en notre ville, et ayant le bonheur d'appartenir comme vous à la religion catholique, j'ai demandé des renseignements sur votre compte à votre curé, le révérend Père Schultz, et voici ce qu'il m'a dit en parlant de vous et de votre sœur :

« Plût à Dieu que tous les étrangers qui habitent l'Allemagne leur ressemblassent ! »

— Je suis vraiment charmé et confus de la bonne opinion que le révérend Père Schultz a de nous, fit Paul Aubry.

— Maintenant, cher monsieur, voici le sujet qui m'amène ici. Je serai franc avec vous. J'ai eu l'autre jour la visite d'un officier français qui m'a informé que vous et votre sœur portiez le nom de Micali qui n'est pas le vôtre, et que votre nom véritable est Aubry. Il m'a dit aussi que vous êtes Français et non Italien, bien qu'on ne vous entende causer qu'en italien.

— Tout cela est vrai, monsieur le bourgmestre ; mais je dois ajouter que le nom de Micali est un peu et même beaucoup le nôtre, puisqu'il est le nom de notre regrettée mère, laquelle est née à Naples et a habité l'Italie jusqu'à son mariage. C'est aussi en mémoire de notre bonne mère que nous parlons souvent la langue italienne.

— Ce sentiment vous honore grandement, reprit le bourgmestre, mais la loi de notre pays, comme celle des autres pays, je suppose, veut que les enfants portent le nom de leur père, et j'ai le devoir de vous dire que vous devrez, à l'avenir, rendre le nom de Aubry, et votre sœur celui de DeBoismorel, qui était m'a-t-on affirmé, le nom de son défunt mari.

— Très bien, monsieur le bourgmestre.

— Il vous faudra, le plus tôt possible, faire rectifier ces erreurs par le greffier de notre cité, M. Von Zurich. Et pour vous éviter des ennuis, je vais vous donner quelques mots que vous présenterez à M. le greffier.

Puis le bourgmestre écrivit trois ou quatre lignes qu'il remit à Paul Aubry.

— Nous irons voir M. Von Zurich aujourd'hui même, dit le pseudo-Micali, en remerciant avec effusion l'aimable et obligeant bourgmestre.

En effet, dans le cours de la journée, les deux exilés firent régulariser leur état civil.

Bonin n'était vengé qu'à demi, car il avait espéré que sa dénonciation amènerait l'arrestation de ceux qu'il considérait maintenant comme ses pires ennemis.

***

Depuis la visite du bourgmestre à la villa « Vilhelm », plusieurs mois s'étaient écoulés sans apporter aucun changement dans la vie paisible mais très monotone que menaient Paul Aubry et sa sœur.

Le poids de l'exil pesait sur eux comme un manteau de plomb.

Paul Aubry, qui aimait de tout son cœur la marine et la France, souffrait un véritable martyre en se voyant, dans la force de l'âge, voué à l'inaction. Mais il lui répugnait d'aborder ce sujet douloureux devant sa sœur que, elle, se reprochait amèrement d'avoir brisé la carrière de son frère.

Il préférait confier ses chagrins au bon père Schultz ou, mieux encore, les supporter en silence.

Sans être un favori de Muses, Paul Aubry aimait parfois à exprimer en vers ses tristes pensés. Mais c'est à l'insu de sa sœur qu'il cultivait la poésie.

Un jour, en ouvrant un volume qu'elle voulait lire, madame DeBoismorel y trouva un feuillet sur lequel son frère avait écrit trois strophes sous ce titre : France !

Comme elle était une excellente musicienne, elle composa un air sur les paroles qu'elle venait de trouver.

Le même soir, ayant été invitée par son frère à faire de la musique, elle lui dit :

— Écoute ce chant nouveau :

FRANCE !

France ! il n'est pas de pays en ce monde
Qu'on puisse aimer autant que nous t'aimons !
Un seul jour loin de ta terre féconde
Parait un siècle à nous qui te pleurons !
Oh ! que l'exil dont nous portons la chaîne
Depuis six ans, est un supplice affreux…
Mon Dieu ! mettez un terme à notre peine
En nous ouvrant le pays des aïeux !
« Courage, enfants, vous reverrez la France. »
Nous dit un soir notre bon vieux pasteur.

Ce mot d'espoir calme notre souffrance
Et verse en nous un rayon de bonheur !

Madame DeBoismorel dit à son frère, en l'embrassant :

— Me pardonnes-tu, chéri, d'avoir mis ta poésie en musique sans ta permission ?

— Oui, je te pardonne, parce que la richesse de la musique fait oublier la pauvreté des vers.

— Flatteur et modeste, va !

— Dis donc, reprit-elle, as-tu remarqué que « notre bon vieux pasteur » n'est pas venu ici depuis deux semaines ; serait-il malade ?

— Non, il est absent de Munich pour quelque temps, m'a dit l'autre jour son vicaire.

UNE SURPRISE

— Bonjour, mes amis ! dit le Père Schultz, en rejoignant Paul Aubry et sa sœur que se promenaient dans le jardin.

— Oh ! bonjour, révérend Père ! s'exclamèrent ensemble les promeneurs. Comment vous portez-vous ?

— Mais à merveille, mes amis ! comme à l'âge de cinquante ans !

— Tant mieux ! fit madame DeBoismorel ; nous vous avions cru malade, mais on nous a appris que vous étiez absent de Munich.

— Oui, j'ai fait un petit voyage dont je suis très satisfait.

Et la bonne figure du Père exprimait en effet le plus vif contentement.

Pendant qu'ils s'entretenaient familièrement, le facteur vint remettre à Paul Aubry deux larges plis, l'un à son adresse, et l'autre à l'adresse de sa sœur.

Deux lettres à la fois constituaient un événement pour eux qui n'entretenaient plus de correspondance. Aussi est-ce en tremblant qu'ils reçurent les lettres.

Le père Schultz, voyant leur émotion, s'excusa de ne pouvoir rester plus longtemps en leur aimable compagnie, et il s'éloigna en souriant d'une façon mystérieuse.

Les lettres étaient de la même écriture et portaient le timbre de Paris.

— De qui donc peut-elle venir ! se demandant tout haut madame DeBoismorel en examinant curieusement l'enveloppe qu'elle hésitait à ouvrir.

— De Madame la comtesse de Frontenac ! s'écrie son frère qui avait déjà ouvert et lu sa lettre.

— La comtesse de Frontenac ! répondit comme un écho madame DeBoismorel…

Oui, ces lettres venaient bien de la comtesse de Frontenac et elles étaient rédigées à peu près dans les mêmes termes.

Voyons ce que la « Divine » écrivait à Paul Aubry :

Paris, 27 avril 1696.

« Mon cher lieutenant,

« Je suis heureuse de vous informer qu'à la sollicitation pressante du Révérend Père Schultz, curé de l'église Saint-Michel, à Munich, où vous et votre sœur résidez depuis six ans, j'ai demandé votre grâce à notre illustre roi, et que Sa Majesté me l'a accordée sans aucune réserve.

« Munie de cette haute autorisation, j'ai fait les démarches requises auprès du tribunal qui avait prononcé l'arrêt contre vous et madame DeBoismorel, et j'ai eu le bonheur de faire rescinder la sentence qui vous condamnait tous les deux à douze ans d'exil, en dehors de la France et du Canada.

« Donc, à dater de ce jour, vous êtes libre, et vous pourrez, si vous le désirez, reprendre votre service dans la marine.

« Je vous communiquerai toutes les pièces officielles qu'on a bien voulu me remettre relativement à votre mise en liberté.

« Avant de venir me voir, le Révérend Père Schultz avait écrit à Monsieur le comte de Frontenac pour implorer son pardon en votre faveur.

« La réponse du Gouverneur du Canada ne se fit pas attendre. La voici : Je pardonne de grand cœur à ces malheureux compatriotes, parce que je crois comme vous à leurs regrets sincères. Ils ont déjà réparé leurs fautes par une conduite que je ne puis m'empêcher d'admirer.

« Puissent-ils désormais faire honneur aux beaux noms qu'ils portent et servir fidèlement le roi et la France ! »

« Inutile d'ajouter que moi aussi, je vous pardonne volontiers tout le tort que vous avez voulu me causer.

« Agréez, avec mes meilleurs souhaits, l'assurance de mon

humble protection quand vous serez de retour dans notre cher pays. »

ANNE DE LA GRANGE,

Comtesse de Frontenac.

Je renonce à décrire ce que ressentaient en ce moment Aubry et sa sœur. Ils riaient, pleuraient, se félicitaient, s'embrassaient ou faisaient des pas mesurés dans les allées en s'accompagnant de la voix. Cette nouvelle inattendue les avait jetés dans un vrai délire !

— François ! cria Henriette, je croyons que môsieu et môdame étiont mâlades… Allons voêr dans le jardin.

François comprit du premier coup d'œil la cause de cette exaltation, et il se mit à applaudir de ses larges mains.

Henriette, elle, que finit par comprendre à son tour, dit, en pleurant de joie :

— C'étiont le plus biau jour de mâ vie !

***

Deux semaines plus tard, après avoir vendu la villa « Vilhelm », accompli plusieurs actes de charité, et remercié chaleureusement le Révérend Père Schultz, leur véritable sauveur, le lieutenant Aubry et sa sœur reprenaient, l'âme en fête, le chemin du pays natal.

Leur première visite, en arrivant à Paris, fut pour Madame la comtesse de Frontenac, qui résidait à l'Arsenal, où le duc Du Lude, grand maître de l'artillerie, lui avait donné une hospitalité viagère.

La comtesse les accueillit de la manière la plus cordiale et leur remit les précieux documents qui les réhabilitaient dans tous leurs droits.

Aubry et sa sœur surent trouver les mots justes en exprimant leur gratitude à cette noble femme qu'ils se reprochaient encore d'avoir si sottement calomniée.

— N'en parlons plus, voulez-vous ? fit la comtesse avec son fin sourire.

Comme les visiteurs allaient se retirer, la comtesse demanda à Paul Aubry s'il avait l'intention de rentrer dans la marine.

— Oh ! oui, madame la comtesse ! répondit-il. Mon plus grand désir est de servir la France, et, s'il le faut, de mourir our elle !

— Très bien, très bien ! mon cher lieutenant.

Puis, se tournant vers madame DeBoismorel, elle, interrogea :

— Et vous, madame ?

— Moi, madame la comtesse, je veux continuer toute ma vie à réparer mes torts en employant ma fortune au soulagement des pauvres…

La comtesse, très émue, baisa au front la jolie repentante, et elle serra la main de Paul Aubry, qui était fier et heureux de s'entendre appeler, pour la première fois depuis six ans mon cher lieutenant.

ÉPILOGUE

Bien des événements se sont passés dans le cours rapide des trois dernières années.

Le gouverneur Frontenac est mort (28 novembre 1698) dans les sentiments d'un bon chrétien, et après avoir reçu tous les secours de la religion. Sa mort causa des regrets profonds et universels.

Madame DeBoismorel et son frère ressentirent de la tristesse en apprenant cette nouvelle. Et convaincus que la prière est la plus haute expression des regrets, ils prièrent et firent célébrer plusieurs messes à l'intention du défunt, qui avait été un gouverneur aussi respecté que redouté, un grand guerrier, un administrateur habile, un bienfaiteur public.

Mais, comme dit le proverbe, les jours se suivent et ne se ressemblent pas. Et de même qu'après la pluie vient le beau temps, de même après la tristesse vient la joie.

Le lieutenant Paul Aubry est au comble de ses vœux ; il a obtenu dans la marine une très belle promotion. Il l'a bien méritée, car c'est un officier valeureux et qui a le cœur plein de ses devoirs. Le lieutenant aime ses hommes et il est chéri d'eux.

Madame DeBoismorel est contente de son sort. Elle a réalisé un désir qu'elle caressait depuis longtemps, celui de fonder un hospice dans un des quartiers les plus pauvres de Paris.

Le roi, à la demande de la comtesse de Frontenac, a contribué très libéralement à l'établissement de cette maison qui abrite déjà plusieurs vieillards.

Notre héroïne, sans avoir l'habit religieux, assiste les bonnes sœurs dans tous leurs travaux.

Sous le modeste vêtement qu'elle porte, on reconnaîtrait difficilement la coquette qui fut naguère l'idole de la société aristocratique de la Nouvelle-France.

Cependant elle est toujours belle, mais d'une beauté qui la rend plus aimable aux yeux de tous, parce que cette beauté est le reflet d'une âme épurée au creuset des épreuves.

***

François et Henriette – demandera peut-être le lecteur – que sont-ils devenus ?

Ils ont voulu suivre à l'Hospice Saint-Michel leur bonne maîtresse, mais celle-ci leur a dit :

— Non, non ! mes amis ! Votre place n'est pas là ; elle est dans votre petite patrie, la Bretagne.

— Mais, madame, qu'irons-nous faire en Bretagne ? osa interroger François.

— Tenez, mes amis, allons droit au but. Je vous cannais assez pour savoir que vous éprouvez l'un pour l'autre ce noble sentiment que Dieu a mis dans nos cœurs et qui s'appelle l'amour. Or quand on s'aime, on se marie !

— J'y ai déjà pensé, dit François en rougissant.

— Et moé itou, roucoula Henriette…

— Alors, c'est une chose convenue, n'est-ce pas ? Je mettrai vingt mille francs dans la corbeille de mariage. Avec cette somme et les économies que vous avez faites, vous pourrez acheter une jolie ferme dans les environs de Saint-Brieuc. Et voilà !…

Un mois plus tard, l'aumônier de l'Hospice Saint-Michel bénit l'union de François Hoël, âgé de 36 ans, et de Henriette Guerech, âgée à peine de 28 ans.

Nous ajouterons que les nouveaux époux filent maintenant le parfait amour à la mode de Bretagne.

Puissent-ils vivre heureux et… avoir plusieurs enfants qui leur ressemblent !

APPENDICE

GÉNÉALOGIE DES BUADES

[3]Les Buades sortaient d'une maison illustre en Guïenne. Lorsque le roi de Navarre, père du Béarnais, devint gouverneur de cette province, les Buades s'attachèrent à son service. Le célèbre protestant, Agrippa d'Aubigné, mentionne souvent dans ses Mémorise un Frontenac, Ecuyer (aide-de-camp), comme lui, auprès des Béarnais dans les années qui suivirent 1573. Ce Frontenac était Antoine de Buade.

Antoine de Buade, seigneur de Frontenac, baron du Palluau, était conseiller d'État, capitaine des châteaux de St-Germain-en-Laye, et premier maître d'hôtel du Roi.

Il était fils de Geoffroy de Buade, seigneur de Frontenac en Agenois, et d'Anne Carbonnier ou de Carbonière. Il épousa Anne de Roque-Secondat, de laquelle il eut, entre autres enfants : Roger de Buade, abbé d'Obazine ; Henri de Buade, comte de Palluau et de Frontenac qui, d'Anne Phélippeaux, fille de Raymond Phélippeaux, seigneur d'Herbaud, trésorier de l'Épargne, puis secrétaire d'État et

3 Cf : Michel de Marolles : Mémoires, tome II, édition d'Amsterdam, 1755.

de Claude Gobelin, laissa Louis de Buade, comte de Frontenac qui suit : Anne de Buade, femme de François d'Espinay, marquis de Saint-Luc, chevalier de l'Ordre du Saint-Esprit, lieutenant-général au gouvernement de Guïenne, et Henrye de Buade[4] femme de Henri-Louis Habert, seigneur de Montmort, doyen des maîtres des requêtes de l'hôtel du Roi, l'un des Quarante de l'Académie française, morte le 26 octobre 1676.

Louis de Buade, comte de Frontenac et de Palluau, fut nommé gouverneur de la Nouvelle-France, ou du Canada, en 1672, et une seconde fois en 1689 et mourut à Québec le 28 novembre 1698, en sa 78e année.

Il avait épousé Anne de la Grange-Trianon, fille de Charles de la Grange, seigneur de Trianon, maître des comptes à Paris, et de Françoise Chouque, sa troisième femme, morte (Madame de Frontenac) à paris, le 30 janvier 1707[5]. Il en eut François de Buade de Frontenac, tué à l'Estrunvic, en Allemagne, servant le Roi dans ses armées.[6]

LE CŒUR DE FRONTENAC

(LA LÉGENDE DU COFFRET D'ARGENT)

« La mort du comte de Frontenac fut, pour ses ennemis, l'occasion et le sujet d'une anecdote scandaleuse dont les auteurs masqués, ils le sont encore dans notre histoire, se promettaient grand succès. Ce potin-là, un chef-d'œuvre de haine et de perfidie, devait sûrement

4 Henrye, vieille orthographe féminine du mot Henry : nous écrivons aujourd'hui : Henriette.

5 Cf : Dictionnaire de Biographie et d'Histoire, pp. 622 et 623. (Note de l'auteur : Madame de Frontenac, à sa mort, était âgée de 75 ans environ).

6 Cf : Histoire Générale et Chronologique de la Maison Royale de France, etc. par le P. Anselme.

tuer, et à brève échéance, la bonne renommée de madame de Frontenac, la perdre sans retour dans l'estime de ses contemporains en attendant que l'histoire confirmât, sans recours d'appel, le verdict infamant prononcé en première instance par le Jury, toujours incompétent, de l'opinion publique.

« Par bonheur pour la mémoire de la Divine, l'Histoire, siégeant en permanence, n'a point adopté la procédure des Cours de Justice. Les enquêtes ouvertes devant son tribunal n'y sont jamais closes ; les témoins nouveaux toujours entendus, les nouvelles preuves toujours admises, si tard qu'on les présente et à quelque étape que l'on en soit rendu dans l'instruction de la cause. Ce qui me permet de plaider ice en cassation du jugement rendu.

« On avait donc entendu dire qu'a la mort de Monsieur de Frontenac, son cœur, enfermé dans une boîte de plomb – d'autres prétendent coffret d'argent – avait été envoyé à la comtesse sa femme qui l'avait orgueilleusement refusé, disant : « qu'elle ne voulait point d'un cœur mort qui, vivant, ne lui avait point appartenu ! »

« Et cette calomnie, faisant boule de neige, se grossissait, comme à plaisir, de détails inédits autant que persuasifs. Ainsi, le racontar nommait avec un bel aplomb le révérend Père récollet dont la mission charitable avait si piteusement échoué auprès de l'inexorable Divine et qui, plus honteux qu'un renard qu'une poule aurait pris, s'en était revenu placer le cœur répudié de Frontenac sur son cercueil où tous deux dormirent ensemble près de cent ans (1699-1796), comme la Belle au Bois des contes de Perrault. Puis était advenu l'incendie du couvent de Récollets : alors cercueil et coffret s'en étaient allés, toujours de compagnie, continuer leur somme à la cathédrale de Québec, primo loco sous la chapelle de Notre-Dame-de-Pitié, et, secondo loco, sous le parvis du sanctuaire de la chapelle Sainte-Anne, dans la même église, etc., etc. Toutes et chacune des dites pérégrinations constatées par moult bons témoins.

« Or, cette malice posthume n'a pas été conservée mais inventée par la tradition. Cette tradition, rien moins qu'historique, n'est pas d'origine française, mais canadienne, québécoise seulement.

Imaginée de ce côté-ci de l'Atlantique, cette anecdote malveillante n'est rapportée par aucun des chroniqueurs et des historiographes français du 17e ou 18ie siècle. Rendons hommage, je ne dirai pas à la sagacité, mais au simple bon sens de ces écrivains : aucun d'eux ne fit à cet odieux potin l'honneur de le prendre au sérieux, de le considérer comme un commérage vraisemblable.

« Seuls, quelques auteurs canadiens-français osèrent lui donner asile dans leurs ouvrages au risque d'en compromettre l'autorité auprès des gens sérieux[7]. Sans constater, au préalable, si cette anecdote était fille légitime de l'Histoire, ou enfant naturelle de la Fable, ils la publièrent dans leurs livres. Puis les journaux, les revues, s'en emparèrent et la vulgarisèrent à leur tour dans l'esprit des foules. Mais un roman qui, plus que toutes les œuvres littéraires et historiques de ces auteurs réunies, répandit cette anecdote au quatre coins de la province de Québec, est indéniablement le François de Bienville de M. Joseph Marmette, publié en 1870.

« Voici, en effet, ce que nous lisons, en note, au pied de la page 270 de la première édition :

« Frontenac, comme chacun sait, mourut en 1698 et fut enterré dans l'église des Récollets[8]. Lors de l'incendie de cette église, le six septembre 1796, on releva les corps qui y avaient été inhumés. Ceux des personnages importants, entre autres celui de M. de Frontenac, furent inhumé dans la cathédrale, et, dit-on sous la chapelle de Notre-Dame-de-Pitié. Les cercueils en plomb qui, paraît-il, étaient placés sur des barres de fer dans l'église des Récollets, avaient été en partie fondus par le feu. On retrouva dans celui de M. de. Frontenac une petite boîte en plomb qui contenait le cœur de l'ancien gouverneur. D'après une tradition, conservée par le Frère Louis, récollet, le cœur du comte de Frontenac fut envoyé, après sa mort, à sa veuve. Mais

7 Il convient de remarque aussi que nos grands auteurs, les trois historiens canadiens-français Garneau, Ferland, Laverdière, l'ignorent absolument.

8 Une clause du testament de Frontenac ordonnait expressément qu'il fut enterré dans l'église des Récollets. Le gouverneur avait toujours été leur syndic apostolique au Canada. Les Récollets ont joui de la faveur constante des Frontenacs, etc., etc.

l'altière comtesse ne voulut pas le recevoir, disant : qu'elle ne voulait pas d'un cœur mort qui, vivant, ne lui avait pas appartenu. La boîte qui le renfermait fut renvoyée au Canada et replacée dans le cercueil du comte où on la retrouva après l'incendie. »

« M. Marmette ajoutait : « Ces précieux détails me sont fournis par mon ami, aussi bienveillant qu'éclairé, M. l'abbé H.-R. Casgrain. »

« L'année suivante, 1871, Mgr Tan publiait le premier tome de son fameux Dictionnaire Généalogique. La légende racontée à M. Joseph Marmette par son ami l'abbé Raymond Casgrain s'y trouvait reproduite. En l'acceptant dans son livre, l'auteur lui donnait, ipso facto, non seulement une présomption, mais un caractère d'authenticité aussi sérieux qu'indéniable.

« Il paraît, d'après le Major Lafleur et M. de Gaspé (auteur des Anciens Canadiens), lequel fut témoin oculaire de l'incendie de l'église des Récollets, que les cercueils de plomb qui se trouvaient sous les voûtes de l'église, placés sur des tablettes en fer, étaient en partie fondus. La petite boîte de plomb contenant le cœur de M. de Frontenac, se trouvait dit-on, sur son cercueil. »

M. Thompson (James Thompson), ami de M. de Gaspé, avait vu, paraît-il, inhumer les ossements des anciens gouverneurs dans la chapelle de Notre-Dame-de-Pitié, près de la muraille, côté de l'Évangile.

« Ce qui frappe, à première lecture, dans cette page, ce n'est pas le caractère vague, flottant du récit, mais l'hésitation du narrateur. Il manque évidemment de conviction, et je l'en félicite. À ce sujet la tradition rapportait, d'après le Frère Luis, etc. ; il paraît, d'après M. le major Lafleur, et de M. de Gaspé ; la petite boîte de plomb se trouvait, dit-on, sur son cercueil, etc. ; – M. Thompson avait vu, paraît-il, etc., etc. Comme il hésite, comme il craint, et certes avec raison, d'être trop affirmatif ! Comme il lui répugne de laisser imprimer dans son Dictionnaire Généalogique ce racontar, diffamatoire au premier cher ; son flair d'historien ne le trompe pas : cette anecdote sent mauvais, elle fleure la calomnie à cent pas ; de suite, sa conscience d'honnête homme en éprouve le pressentiment et la répugnance.

« Par bonheur, ce potin empoisonné renferme son propre antidote. Pour peu que l'on observe et lise attentivement, on le trouve à la page même de l'ouvrage cité. Il suffit, en effet, de comparer les témoignages de Mgr Plessis et de M. de Gaspé : tout cet échafaudage d'inexactitude, si laborieusement édifié, s'écroule à plat comme un château de cartes.

« Mais entrons plus avant dans la minutie des détails. La calomnie est un bacille qui requiert, plus que tout autre microbe dangereux, un examen microscopique.

***

« Disons d'abord un mot de la personnalité des témoins, avant de peser la valeur de leurs dépositions.

« Barthélemy Simon dit Lafleur – le futur major Lafleur – naquit à Québec le 23 août 1794. Conséquemment il avait deux ans à peine le 6 septembre 1796, date de l'incendie du couvent des Récollets. Impossible donc de le considérer comme un témoin oculaire que se rappelle avoir vu la fameuse boîte de plomb déposée sur le cercueil de Frontenac.[9]

« M. de Gaspé, l'aimable auteur des Anciens Canadiens, Philippe-Aubert de Gaspé, avait dix ans en 1796. Lui-même nous l'apprend dans ses Mémoires (p. 56) : « J'ai toujours aimé les Récollets : J'avais dix ans, le six septembre de l'année 1796, lorsque leur communauté fut dissoute après l'incendie de leur couvent et de leur église. »

« Doit-on récuser son témoignage à cause de son âge. Mais des enfants, plus jeunes que lui encore, ont été entendus devant nos tribunaux criminels. Que dit-il donc, et qu'a-t-il vu ?

« Les cercueils de plomb (des anciens religieux et des quatre gouverneurs) qui se trouvaient dans les voûtes de l'église, placés sur des tablettes en fer, étaient en partie fondus. La petite boîte de plomb

9 Barthélemy Simon dit Lafleur mourut officier du Bureau de la trinité, à Québec, le 10 août 1974, à l'âge de 80 ans.

contenant le cœur de M. de Frontenac se trouvait, dit-on, sur son cercueil. »

« Écoutez maintenant l'abbé Joseph-Octave Plessis, curé de Québec, lisant au prône du 17e dimanche après la Pentecôte (11 septembre 1796), l'annonce suivante :

« Dans la masure des RR. PP. Récollets, on a trouvé les ossements réunis d'un certain nombre d'anciens religieux, et même quelques cendres des anciens gouverneurs du pays qui y avaient été enterrés. On a mis tous ces précieux restes dans un cercueil pour être transportés et inhumés dans la cathédrale. Cette translation se fera immédiatement après la grand-messe de ce jour et vous êtes priés d'y assister. »

***

« Non seulement les cercueils de plomb étaient en partie fondus, mais ils l'étaient si complètement que l'on ne retrouva plus, dans les ruines de l'église des récollets que les ossements réunis, c'est-à-dire confondus, mêlés ensemble, d'un certain nombre de religieux et quelques cendres des anciens gouverneurs du pays. Les quelques centres des cadavres des quatre gouverneurs se réduisent à si peu de chose qu'elles tiennent à l'aise dans un seul cercueil avec les ossements retrouvés de tous les récollets rensevelis sous les voûtes de l'église ! Que devient alors la petite boîte de plomb placée sur le cercueil de M. de Frontenac et si bien remarquée, après l'incendie, par Messieurs Lafleur et de Gaspé ? Tout commentaire est inutile, n'est-ce pas ? et le ridicule de cette fable s'impose.

« Le témoignage de Mgr Plessis-un témoin oculaire d'une irrécusable autorité-dispose du même coup et de la version Casgrain et de la version Tanguay. On a remarqué, sans doute, dans la première une légère variante avec la seconde. Tanguay rapporte que la petite boîte était sur le cercueil et Casgrain dans le cercueil de M. de Frontenac. Il importe peu que le coffret de plomb ou d'argent fut dessus ou dessous le couvercle du cercueil, quand le cercueil lui-même – il était en plomb – est fondu, non pas en partie, mais entièrement, dans le brasier qu'avait allumé l'incendie. Rappelons-nous qu'un seul cercueil suffit à la translation « des ossements réunis d'un certain nombre d'anciens religieux et des quelques cendres des anciens gouverneurs du pays », à la cathédrale de Notre-Dame de Québec. Ce cercueil à plusieurs locataires, fut déposé sous la chapelle de Notre-Dame-de-Pitié, près de la muraille, côté de l'Évangile, où il demeura jusqu'en 1828. Cette année-là, tous les cadavres inhumés dans cette chapelle furent relevés, les ossements placés dans une boîte et transportés sous le sanctuaire de la chapelle Saint-Anne, près de la muraille, côté de l'Évangile, où ils reposèrent jusqu'en 1877, année où des travaux d'excavation considérables nécessitèrent un troisième déménagement de ces malheureux crânes et tibias qui commencèrent à penser que le repos éternel n'était qu'une farce. Or, le mystérieux coffret d'argent, ou de plomb, ne fut pas plus retrouvé, en 1877, par M. l'abbé Georges Côté, il ne fut promené, en 1828, par le bedeau-fossoyeur Raphaël Martin, ou vu, en 1796 par le petit Philippe Aubert de Gaspé pour cette unique raison qu'il était en France, à Paris, à Saint-Nicolas-des-Champs, dans la chapelle des Messieurs de Montmort, depuis 1698.

***

« Ici devrait s'arrêter ma démonstration, comme on dit en géométrie car elle est concluante prima facie. Par malheur, le Dictionnaire Généalogique n'est pas le seul ouvrage qui ait ébruité ce commérage. Deux autres livres du même auteur, À travers les registres et le Répertoire général du Clergé canadien, le reproduisent, avec de nouvelles… affirmations à l'appui. Que valent-elles comme preuves ? Nous allons précisément le constater.

« En 1886, Mgr Tanguay publiait un recueil de notes historiques intitulé ; À travers les registres. Or, nous lisons aux pages 226 et 227 de cet ouvrage : « Les ossements des anciens gouverneurs, d'abord transférés des ruines de l'église des Récollets à la chapelle de Notre-Dame-de-Pitié dans la cathédrale de Québec, furent, quelques années plus tard, déposés dans les voûtes de la chapelle Sainte-Anne, dans le bas-Chœur, du côté de l'Évangile, où ils sont encore, ainsi que le cœur de M. de Frontenac.

« Voilà qui est bien clair et absolument certain, n'est-ce pas ? Rappelons-nous que ceci a été publié en 1886. Or, en 1877, neuf années conséquemment avant cette date, avaient lieu, sous la surveillance intelligente et éclairée de M. l'abbé Georges Côté, curé actuel de la paroisse Ste-Croix, dans le diocèse de Québec, des travaux d'excavations des plus considérables à la basilique de Notre-Dame de Québec. Or, c'est précisément ce coin de terre mentionné qui a été fouillé de fond en comble, et l'un des premiers. Rien n'y a été découvert en 1877, comment voudriez-vous que le cœur de Frontenac y fût encore ne 1886 ?[10]

« Qu'un faux portrait coure la rue, l'événement en est fâcheux pour les bibliophiles et les antiquaires, mais qu'une calomnie, savamment élaborée, coure l'histoire et s'y accrédite, le malheur en est irréparable pour le personnage auquel elle s'attaque. Calculez le temps et l'effort, souvent inutile, apportés à l'atteindre d'abord, puis à la détruire. Un vieux proverbe anglais un des plus typiques que je connaisse, ne dit-il pas : *A lie will travel seven leagues while truth is getting on its boots ?* Si la justice légale a ses boiteries – festinat claudo pede – la vérité historique a ses rhumatismes. La pauvre souffreteuse marche à cloche-pied et sa béquille est d'une lenteur désespérante.

« Peu importe cependant que la réhabilitation historique de Madame de Frontenac soit prompte ou tardive : elle est assurée et cela doit suffire.

***

« Résumons en quelques lignes tout ce fastidieux débat, nécessaire cependant à rétablir la vérité historique sur un petit fait, affreusement défiguré par la « maligne envie », dirait Bossuet.

10 La belle étude archéologique de M. l'abbé Georges Côté sur les travaux d'excavation exécutés en 1877 à la basilique de Québec fut publiée dans l'Abeille du 5 décembre, année 1878.

« Frontenac demanda, par son testament, que son cœur fût placé dans une boite d'argent et déposé dans la chapelle que Messieurs de Montmort possédaient dans l'église de Saint-Nicolas-des-Champs, à Paris.[11] Déjà, Madame Henri-Louis Habert de Montfort, Henriette-Marie de Buade, troisième sœur de Frontenac, et Roger de Buade, abbé d'Obazine, son oncle, y étaient inhumés. Frontenac croyait donc-et ce fut avec raison-rencontrer les désirs de sa femme en exprimant ce vœu suprême que le supérieur des Récollets à Québec, le Père Joseph Denis de la Ronde, se chargea d'exécuter. Il passa en France l'année même (1698) du décès du gouverneur et déposa le coffret d'argent à Saint-Nicolas-des-Champs, à Paris, suivant l'ordre formel du grand homme qui continuait d'être dans la mort ce qu'il avait été dans la vie : le bienfaiteur insigne des Récollets au Canada. »[12]

TESTAMENT DE FRONTENAC

[13]Pardevant les not. gardenotes du Roy, en sa ville et Prévôté de Québec, soussigné fut présent haut et puissant Seigneur Messire Louis de Buade, comte de Palluau et de Frontenac, Conseiller du Roy en ses Conseils, Chevalier de l'ordre de St-Louis, Gouverneur, Lieutenant Général pour Sa majesté en tout ce pays de la France septentrionale, Syndic Apostolique, Père et protecteur spirituel de l'ordre des très Rds. P. Récollets en cedit pays, gisant grièvement malade en son fauteuil dans sa chambre au Château de cette ville, mais cependant sain d'esprit, mémoire et entendement ainsy qu'est

11 Un de ses prédécesseurs, le Chevalier Augustin de Saffray, seigneur de Mézy, septième gouverneur de la Nouvelle-France, avait aussi ordonné que son cœur reposât en France.

12 Voir l'étude de feu Ernest Myrand, dans « Frontenac et ses amis », page 143.

13 Cf. Greffe de Frs. Genaple de Belfond, Archives Judiciaires de Québec.

apparu aux dits notaires ; lequel Seigneur a dit que le grief mal quy le travaille ne luy permettant pas de songer à l'état de ses affaires et biens temporels, pour en disposer présentement comme il voudrait le pouvoir faire : qu'au moins, ayant toujours eû singulière intention et dévotion d'être inhumé et enterré en l'Église des Pères Récollets de cette ville, il veut en ce chef faire, par ces présentes, son testament et ordonnance de dernière volonté, pour éviter les obstacles et contradictions quy pourroient y être apportés, sans cela, s'yl arrive qu'yl plaise à Dieu le retirer de cette vye mortelle par cette maladye, sans avoir le temps de faire plus ample Testament. Pourquoy déclare le dit Seigneur qu'yl ordonne, veut et entend, en ce cas même prye et requiert que son corps soit, après son décès, porté, inhumé et enterré dans la dite Église des Rvds. Pères Récollets de cette ville en la manière et avec les simples cérémonyes que les d. Pères jugeront à propos luy être convenables en sa dite qualité de Syndic apostolique, Père et protecteur spirituel de leur ordre en ce dit pays.

Souhaitant et désirant que sa dévotion et piété soit satisfaits à cet égard, sans empêchement ny obstacle de quelque part que ce soit, telle étant sa dernière volonté.

Et comme Madame Anne de la Grange, son épouse, peut souhaiter comme luy que le cœur de luy Seigneur testateur soit transporté en la chapelle de Messrs. de Montmort, dans l'Église St. Nicolas des Champs, en laquelle sont inhumés Madame de Montmort, sa sœur, et Monsieur l'abbé d'Obazine, son oncle, il veut qu'à cet effet son cœur soit séparé de son corps et mis en garde dans une boête de plomb ou d'argent. Et au surplus donne en aumône en faveur des dits Rvds. Pères Récollets de ce pays entre les mains su Sr. Boutteville, le syndic ordinaire et receveur des aumônes, la somme de quinze cents livres, monnaye de France, pour être employée à l'achèvement de la bâtisse ou autres nécessités de leur couvent de cette ville, à prendre sur les biens et effets qui se trouveront appartenans au luy Seigneur testateur en ce d. pays, au jours de son décès ; Et ce à la charge de dire et célébrer par les d. Rvds. P. Récollets en la dite Église de cette ville tous les jours une messe basse pendant l'an du décès du d. Seigr. testateur pour le repos de son âme ; En outre un service annuel tous les ans à perpétuité à pareil jour de son décès, auquel service annuel il désire et veut être appliqué conjointement pour la dite Dame Son Épouse lorsqu'elle sera décédée. Et pour faire exécuter et accomplir son d. présent testament a nommé et éleu Monsieur François Hazeur, marchand-bourg. de cette ville conjointement avec le sieur Charles de Monseignat, son premier secrétaire ; comme aussi pour prendre soin de l'état du reste de ses affaires et biens quy peuvent être aprésent ou luy venir cy après en ce dit pays par les vaisseaux de l'an prochain.

Pourquoy luy Seigneur testateur prye Monsieur de Champigny, intendant, de les appuyer de sa protection et autorité pour l'accomplissement de ce que dessus, le priant aussy de régler ce qu'yl jugera apropos à l'égard de tous ses domestiques pour qu'yls soient satisfaits.

Donnant et léguant iceluy Seigneur testateur à Duchouquet, son valett de chambre, toute la garderobe consistant en ses habits, linge et autres hardes d'ycelle avec la petite vaisselle d'argent dépendant de la d. garderobe ; et ce en considération des services que le d. Duchouquet luy a rendus jusqu'à présent.

Et pour marque de confiance qu'a luy Seigneur testateur et protestations d'amitié que le dit Seigneur Intend. luy a esté, il le prye d'accepter un crucifix de bois de Calambourg que Made. de Montmort sa sœur luy a laissé en mourant et il l'a touj. gardé depuis comme une véritable relique, et prye aussi Madame l'Intendante de vouloir recevoir le Reliquaire qu'il avait accoutumé de porter et qui dit remply des plus rares et précieuses reliques qui se peuvent rencontrer.

Et ledit présent testament accomply, ses domestiques et dettes contractées en ce pays étant payés, auront soin les d. exécuteurs de remettre ez mains de Madame la Comtesse Épouse de luy Seigneur Testateur ce qui se trouvera du reste de ces dits biens en ce pays.

Ce fut ainsy fait, dicté et nommé de mot à mot par le dit Seigneur Testateur et à luy leu et relu par Genaple un des d. notaires, l'autre présent, que le dit Seigneur a dit avoir bien entendu et être sa vraye intention et ordonnance de dernière volonté à laquelle il s'arrête seule déclarant qu'y révoque tous autres testaments qu'yl pourroit avoir cy devant faits, se tenant uniquement au présent.

Fait et passé en la dite Chambre du dit Seigneur testateur après midy sur les quatres heures, le vingt deuxième jour de novembre mil six cents quatre vingts dix huit.

Et a le dit Seigneur Testateur avec nous notaires signé.

Rageot

Genaple

Fin